The Independent Bookworm

Über das Buch

Es war einmal in einer Welt, in der Magie und Technik mit unerwarteten Konsequenzen aufeinander treffen …

Weil ihr Vater bei einem Diebstahl erwischt wird, erwartet Luna und ihren Bruder eine Strafe, schlimmer als der Tod – es sei denn, sie arbeitet als Mechanikerin für den König. Sie tut ihr Möglichstes und versucht dabei, die Avancen seines besten Freundes abzuwehren. Als wäre das nicht genug, verunglückt der König mit einer Maschine, die sie für sicher gehalten hatte. Kann sie ihn lange genug am Leben halten, um Gefahr von sich, ihrem Bruder und dem ganzen Königreich abzuwenden?

Was wäre, wenn Charles Perrault's Schöne mehr kann, als einem Biest das Herz zu erweichen?

Über die Autorin

Katharina Gerlach hat seit ihrer Geburt den Kopf in den Wolken und lebte mit drei jüngeren Brüdern mitten in einem Wald im Herzen der Lüneburger Heide. Schon früh verschwand sie tagelang in magischen Abenteuern, vergangenen Zeiten oder unheimlichen Märchenwäldern, denn auch junge Wilde lernen irgendwann Lesen.

Auf die Erde kehrte sie nie lange zurück, obwohl es ihr gelang, eine Lehre zur Landschaftsgärtnerin erfolgreich abzuschließen, Forstwissenschaften zu studieren und sogar einen Dr. rer. nat. zu erhalten. Eines Tages wurde ihr klar, dass sie schreiben muss, wenn ihr Traum, ihre Geschichten zu teilen, wahr werden sollte. Ihr erster Roman war eine Katastrophe und wird nie das Licht der Welt erblicken. Doch sie lernte dazu, und nun verkaufen sich ihre Geschichten sogar. Katharina schreibt am liebsten Fantasy, Science Fiction und Historische Romane für alle Altersgruppen.

Zurzeit arbeitet sie an ihrem nächsten Projekt in einem Häuschen nicht weit von Hildesheim, wo sie mit ihrem Mann, drei Kindern und einem Hund lebt (sie halten sie lange genug auf dem Boden der Tatsachen, dass sie nicht auf Flügeln der Phantasie entschwindet).

Mehr Informationen: http://de.KatharinaGerlach.com

DES KÖNIGS MECHANIKERIN
DIE SCHÖNE UND DAS BIEST
SCHÄTZE NEU ERZÄHLT 3

Katharina Gerlach

Des Königs Mechanikerin, Schätze Neu Erzählt 3
erschienen im Independent Bookworm Verlag, USA und D
Dieses Buch ist auch als eBook erhältlich. Es ist auf Deutsch und auf
Englisch erschienen.

© 2014, alle Rechte an der Geschichte liegen bei der Autorin
© 2015, cover art by Katharina Kolata
© 2015, title background by Corona Zschusschen
© 2014, logo by colorgraphix
© 2014, paragraph divider by Katharina Kolata
editor: Ethan James Clarke, Birgit Böckli
printed On-Demand Publishing LLC, 100 Enterprise Way, Suite A200,
Scotts Valley, CA 95066, USA, www.createspace.com

ISBN-13 978-3-95681-035-0

Weitere Information finden Sie auf der Verlagswebsite:
http://www.IndependentBookworm.de

Für meine Familie. Ohne Euch hätte ich es nicht geschafft.

 Qindie steht für qualitativ
hochwertige Indie Bücher
www.qindie.de

INHALTSVERZEICHNIS

DES KÖNIGS MECHANIKERIN

Luna ging, so aufrecht es mit der Kette möglich war, die von den Fesseln an ihren Händen zu denen an ihren Füßen führte. Sie würde die Würde bewahren, obwohl ihr Herz blutete, wenn sie ihren Bruder ansah. Mit denselben schweren Eisenketten gefesselt, stolperte Mondo neben ihr her und starrte auf den blauen Teppich mit der gelben Stickerei, der den langen Weg vom Portal des Thronsaals zum königlichen Podium reichte. Luna hätte gerne seine Hände genommen, um ihn zu trösten, aber die Fesseln erlaubten das nicht. Umso stärker war die Wut auf ihren Vater.

Zwei königliche Wachen in blaugelben Uniformen zerrten seinen schlaffen Körper vorwärts. Er quengelte und winselte – warum musste er auch von der Schlossmauer springen? Er hätte wissen sollen, dass er sich dabei die Beine brechen konnte. Er sollte sich glücklich schätzen, dass es sich nur um Verstauchungen handelt, dachte Luna.

Ein Mann in einer wallenden blauen Robe donnerte mit einem wunderbar geschnitzten Stab auf den Boden. Der Schlag wurde vom Holzboden zurückgeworfen und tönte durch die große Halle.

„Sancho Ramirez – angeklagt, königliches Eigentum gestohlen zu haben."

Ein Knappe trat vor und hielt ein blaues Samtkissen in die Höhe, auf dem eine golden-blaue Rose lag. Luna staunte über die Kunstfertigkeit, denn dies war keine gewöhnliche Rose. Blätter und Stiel bestanden aus glänzendem Gold, und die Blüte war aus einem einzigen Saphir geschnitten. Die Blütenblätter hatten einen schönen himmelblauen Glanz, und das Herz der Rose schimmerte dunkelblau. Sein Feuer loderte trotz des künstlichen Lichts der Gaslampen an den Säulen, die das Dach der Halle trugen, unübersehbar. Der Erlös einer einzigen Rose konnte eine ganze Familie ein Leben lang ernähren.

Luna verstand, warum ihr Vater versucht hatte, eine zu stehlen. Schließlich hieß es, dass der König eine ganze Kiste solcher Rosen besäße. Aber ihr Vater war kein professioneller Dieb. Wie hatte er hoffen können, davonzukommen? Er kannte die Gesetze genauso gut wie jeder andere Bürger. Sie schob das Kinn vor und starrte den König herausfordernd an, der mit einem Mann an seiner Seite flüsterte.

Überrascht von der Jugend des königlichen Beraters, er konnte kaum älter sein als sie, vergaß sie zu knicksen, wie ihr befohlen worden war. Sie starrte den attraktivsten Mann an, den sie jemals getroffen hatte. Seine breiten Schultern luden dazu ein, sich anzulehnen, und die schmale Taille wollte umarmt werden. Trotz der Schwierigkeiten, in denen sie steckten, sehnte sich ihr Herz danach, ihn zu berühren. Schmerz schoss durch ihren Rücken, als das Ende der Lanze einer Wache sie an ihre Pflicht erinnerte. Sie sank zu Boden, bis ihre Knie die Dielen berührten. Doch sie neigte nicht den Kopf. Jemand musste so tun, als wäre die Ehre der Familie wenigstens noch einen Groschen wert, und überhaupt. Den Kopf zu senken, würde bedeuten, dass sie den Berater des Königs nicht mehr ansehen konnte.

„Nun, Angeklagter, gibt es etwas, das du zu deiner Verteidigung zu sagen hast?" Der junge Mann neben dem König wirkte nicht, als ob er eine Antwort erwartete. Da der König, wie es Tradition war, einen Gesichtsschleier trug, konnte Luna seinen Gesichtsausdruck nicht erkennen, aber seine Hände wirkten weich und jung. Sie wandte sich von ihm ab, und ihr Blick kehrte zu dem braunhaarigen jungen Mann mit den schmalen Hüften und den breiten Schultern zurück, der an seiner Seite stand. Mit Schrecken entdeckte sie die eisige Kälte in seinen Augen. Obwohl er Lunas Blut in Wallung brachte, betrachtete er ihren Vater mit einem Ausdruck, der zu einem Biologen gepasst hätte, der die inneren Organe eines Frosches studierte.

„Bitte, Majestät. Ich habe nur versucht, meine Familie zu retten. Seit meine treue Frau starb, sind die Schulden ständig gewachsen. Ich kann mein eigenes Fleisch und Blut nicht mehr ernähren." Ihr Vater, der auf dem Boden kniete, so gut es mit den schmerzenden Beinen ging, hob bettelnd seine gefesselten Hände.

Das Jammern ihres Vaters entsetzte Luna. Sie presste die Lippen aufeinander. An die Konsequenzen hätte er denken sollen, bevor er sich hatte gefangen nehmen lassen. Jetzt würden sie mit der Strafe leben müssen, die sich der König ausdenken würde. Und das war genau der Punkt, der schwer einzuschätzen war. Beim alten König wäre die Todesstrafe unausweichlich gewesen – für sie alle. Aber mit dem neuen König war alles möglich. Sie blinzelte eine Träne fort und sah kurz zu ihrem kleinen Bruder, der stumm an ihrer Seite kauerte und den Boden anstarrte.

Der König und sein Sprecher berieten sich erneut leise. Auf einen Wink des Königs wandte sich der Sprecher schließlich an sie.

„Roberto Ramirez, dein Leben ist verwirkt, es sei denn, du findest jemanden, der deinen Platz einnimmt. Deinen Nachkommen gegenüber wird der König jedoch gnädig sein, da die beiden an deinem Verbrechen nicht beteiligt waren. Sie werden für drei Jahre, zwei Monate und einen Tag die Gastfreundschaft des Schlossverlieses genießen."

Luna zitterte, alle Tapferkeit war verflogen. Ihr war einmal eine Frau begegnet, die eine solche Strafe überlebt hatte. Geistlos wie ein dummes Tier hatte sie den Meistbietenden ihren Körper angeboten. Nicht, dass viele an der halbverhungerten Frau interessiert gewesen wären. Luna kämpfte darum, nicht in Tränen auszubrechen. Dieses Urteil war schlimmer als ein sauberer, schneller Tod.

Ihr Vater schlug seinen Kopf auf den Boden.

„Bitte Majestät, habt Erbarmen. Ich handelte nur aus einem Impuls heraus, weil meine Tochter von ihrem letzten Arbeitgeber rausgeschmissen wurde." Er setzte sich auf und zeigte auf Luna. „Sie ist eine begabte Mechanikerin, aber zu stur für ihr eigenes Wohl. Als ihr Vater und Vormund biete ich ihr Leben für meines. Bitte Majestät, lasst mich leben."

Lunas Mund klappte auf. Hatte ihr Vater tatsächlich den König darum gebeten, sie zu töten und ihn leben zu lassen? Die Tränen und der Ärger in ihrem Herzen vereisten und bildeten eine eisige Kugel aus Hass in ihrer Brust.

„Bist du zu feige, die Strafe zu ertragen, die du uns selbst eingebrockt hast?" Sie starrte ihren Vater an. „Bist du so verkommen, dass dir das Leben deiner Kinder egal geworden ist? Sieh dir Mondo an. Er ähnelt Mutter so sehr. Wie kannst du ihm das antun?"

Ihr Vater sah sie nicht an, aber wiederholte seine Bitte.

„Nehmt sie, Majestät. Nicht mich."

Luna stand auf. Wenn sie schon sterben sollte, wollte sie nicht so tun, als respektierte sie den König.

„Tötet mich, wenn es sein muss, aber erspart meinem Bruder bitte das Verlies. Er ist erst sechs Jahre alt, und ich habe gesehen, was Eure Verliese den Gefangenen antun. Findet ein gutes Heim für ihn, eines, wo er ein Handwerk erlernen kann." Da der König nicht antwortete und nur unbeweglich dasaß und sie wahrscheinlich durch seinen Schleier anstarrte, fuhr sie fort. „Ich weiß, dass ich keine Gegenleistung anzubieten habe. Ich appelliere an Eure Güte. Lasst nicht ein Kind die Schuld eines Mannes tragen, der unwürdig ist, eine Familie zu haben."

„Ich habe noch nie von einem weiblichen Mechaniker gehört. Bist du gut?" Die Stimme des Königs war überraschend weich. Wie eine warme Decke, drohte sie, das Eis in Lunas Herzen zu tauen. Sie presste die Lippen aufeinander und konzentrierte sich auf ihren Hass.

„Der König hat dir eine Frage gestellt, Mädchen." Der Sprecher sah sie an, und ein Mundwinkel zuckte vor Vergnügen.

„Natürlich bin ich gut. Mein Chef hielt mich für den besten Mechaniker, den er je getroffen hatte."

„Warum hat er dich dann 'rausgeschmissen', wie es dein Vater so elegant ausgedrückt hat?" Die Stimme des Königs neckte sie. Da lag ein Unterton in seinen Worten, den Luna nur nicht deuten konnte. Also blieb sie bei den Fakten.

„Seine Frau war eifersüchtig, weil ich so viel Zeit mit ihrem Mann verbrachte. Sie zwang ihn, mich loszuwerden, und stellte sicher, dass kein anderer Mechaniker der Stadt mich beschäftigen würde."

Der König nickte bei ihren Worten, als hätte er eine solche Antwort erwartet. Offensichtlich glaubte er ihr nicht. Hitze brannte durch Lunas Adern. Nun, sie würde es ihm zeigen.

„Ich kann mein Talent beweisen. Habt Ihr etwas, das kein Mechaniker in Ordnung bringen konnte?"

„Das ist eine interessante Idee." Der König setzte sich gerade hin. „Page, hol Vaters Nachtigall."

Der Edelknabe, der die Beweise präsentiert hatte, rannte davon. Bevor Luna zu sehr von der Tatsache beunruhigt werden konnte, dass sie keine Ahnung hatte, wie man Lebewesen reparierte, kehrte er mit einem kleinen Holzkasten zurück und überreichte ihn ihr. Schluckend nahm sie ihn und klappte den Deckel auf. Im Kasten lag ein winziger, mechanischer Vogel unbeweglich auf blaugelbem Samt. Daneben lag das winzigste Zahnrad, das sie je gesehen hatte. Sie nahm beides heraus und gab dem Edelknaben den Kasten zurück.

„Habt Ihr einen vernünftigen Tisch?", fragte sie und sah dabei den Pagen an, obwohl sie den König meinte.

Der Herrscher beantwortete ihre Frage mit einem Befehl, und wenig später brachten zwei Diener einen Tisch, einen Hocker, eine Gaslampe und einen Werkzeugkasten mit Geräten, von denen Luna bisher nicht einmal zu träumen gewagt hatte. Als alles aufgestellt war, entfernten die Wachen Lunas Handfesseln.

Sie sah zum König auf. „Hat bereits irgendjemand versucht, diesen Vogel zu reparieren?"

„Der königliche Mechaniker hat alles versucht, um den Vogel zu retten", sagte der König. „Er ließ sogar das Ersatzteil fertigen, aber am Ende gelang es ihm nicht, den Vogel zu öffnen."

Luna nickte nachdenklich und setzte sich hin. Sie blendete alles aus außer ihrer Aufgabe und prüfte den winzigen Vogel mit einer Lupe. Sie drehte ihn vorsichtig herum und hob seine Flügel hoch. Ein Teil der künstlichen Haut des Vogels war durchsichtig, und man konnte gut sehen, wo das ursprüngliche Miniaturzahnrad die Mechanik blockierte, aber es schien keine Öffnung zu geben. Sie hielt den Vogel dichter an die Lupe und beugte sich vor. Sie musste etwas übersehen haben. Sicherlich konnte man den Vogel öffnen, ohne ihn zu zerstören.

„Übrigens", sagte der König. „Wenn du das Spielzeug noch mehr kaputt machst, als es schon ist, sterben du, dein Bruder und dein Vater, bevor die Sonne aufgeht."

„War klar", sagte Luna. Sie beschloss, den Vogel komplett zu zerstören, sollte sie ihn nicht reparieren können. Ein schneller Tod war besser als das langsame Dahinsiechen in den Verliesen. Sie drehte den Vogel, bis er sie ansah, und versuchte, den Schnabel zu öffnen.

„Das geht nicht mehr", sagte der Sprecher. „Sei gewarnt. Der königliche Mechaniker sagte, dass der Schnabel abbrechen würde, wenn er mehr Kraft anwenden würde."

Luna zuckte mit den Schultern. Wenn der Vogel früher den Schnabel geöffnet hatte, würde es auch jetzt gehen. Es gab vermutlich einen Trick. Sie schloss die Augen und überlegte, wie er wohl ausgesehen hatte, als er noch funktionierte. In Gedanken sah sie ihn auf einer goldenen Stange sitzen, mit den Flügeln schlagen und den Schnabel zu einem Lied bewegen. Ein Lächeln zupfte an ihren Mundwinkeln. Sie unterdrückte es sofort. Vorsichtig bewegte sie die Flügel und drückte den Schnabel auf. Er brach nicht ab.

Der Kopf einer winzigen Schraube wurde sichtbar. Versuchsweise wählte sie den kleinsten Schraubendreher, den sie finden konnte, und lockerte sie. Ein leises Klicken erreichte ihr Ohr. Als sie den Flügel erneut in die Höhe zog, gab es eine kleine Lücke in der durchscheinenden Haut unterhalb der goldenen Federn. Jetzt war es für Luna relativ einfach, das kaputte Zahnrad auszutauschen. Selbstverständlich erforderten die filigranen Teile äußerste Sorgfalt, und so dauerte es eine halbe Stunde, bis sie alles wieder zusammengesetzt hatte. Mit einem erleichterten Seufzer zog sie schließlich die winzige Schraube im Schnabel des Vogels fest und richtete sich auf.

„Das war's." Sie reichte dem Pagen die Nachtigall, der sie zum Sprecher brachte, der sie wiederum dem König gab.

Der König nahm einen kleinen Schlüssel von einer Kette, die er um den Hals trug, führte ihn in ein Loch im Rücken des Vogels ein und drehte ihn mehrmals. Er setzte den Vogel auf seinen Finger, als sei er echt. Das mechanische Tierchen schüttelte die Federn, streckte sich und begann zu singen und mit den Flügeln zu schlagen. Es war genauso, wie Luna es sich vorgestellt hatte. Mit geschlossenen Augen genoss sie die Musik und versuchte, sich keine Sorgen wegen ihrer Hinrichtung zu machen. Sie hatte ihr Bestes getan, um den König davon zu überzeugen, Mondo eine Chance zu geben.

Als das Lied endete, stand sie auf und ging zu ihrem Bruder. Sie stand so nahe bei ihm wie möglich, sodass sie eine Hand auf seine Schulter legen konnte. Er sah mit Tränen in den Augen zu ihr auf.

„Das war wunderschön. Du bist die allerbeste Mechanikerin der Welt, Luna." Sein Flüstern füllte die Halle, als hätte er geschrien. Luna wurde rot.

„Page, versorge sie und ihren Bruder mit Essen, während ich nachdenke." Der König wandte sich an die Wachen. „Bringt den Mann ins Verlies."

Im Handumdrehen entfernten die Wachen Lunas und Mondos Fesseln und schleiften ihren schreienden und um sich tretenden Vater weg. Wie betäubt, erlaubte Luna dem Pagen, sie und Mondo zu einer kleinen Seitentür zu drängen. Er führte sie durch einen Wirrwarr aus Korridoren, was Luna genug Zeit gab, sich wieder zu erholen. Zuerst beleuchteten Gaslampen die weiß getünchten Wände und beleuchteten Wandteppiche und Bilder, aber je weiter sie gingen, desto weniger Dekorationen fanden sich. Bald hörten die Gaslichter auf und Fackeln erhellten den Weg. Sie erreichten eine Halle, die genauso groß war wie der Thronsaal. Die Halle war mit Holztischen und Bänken gefüllt, aber Menschen fehlten. Als ein Diener ihnen Brot, Käse und eine Schüssel heißer Suppe mit einem Glas Milch brachte, wurde ihr klar, dass dies der Speisesaal der Bediensteten sein musste. Sie starrte die Nahrung an. So viel hatte sie nicht mehr auf einem Tisch gesehen, seit ihre Mutter gestorben war. Lächelnd sah sie zu, wie sich Mondo Essen in den Mund stopfte, noch bevor er sich hinsetzte. Sie kämpfte gegen den Drang, es ihm gleichzutun. Immerhin war sie im Haushalt des Königs. Da würde sie auf keinen Fall zulassen, als gierig angesehen zu werden. Während sie am Brot knabberte, sah sie den Pagen an. Er saß auf der anderen Seite des Tisches und schlürfte ebenfalls etwas Suppe.

„Was macht der König jetzt mit uns?", fragte sie.

Er zuckte mit den Schultern. „Weiß nicht."

Luna versuchte, dem jungen Mann ein paar Information zu entlocken, aber er beantwortete ihre Fragen nur mit einem Achselzucken oder einem einzelnen Wort. Schließlich gab sie auf und konzentrierte sich aufs Essen. Während sie es genoss, fragte sie sich, warum ihnen der König Essen zugeteilt hatte. Sollte das ihre letzte Mahlzeit sein? Sie versuchte sich nicht vorzustellen, wie ihr Kopf auf dem Richtblock ruhte. Am besten konzentrierte sie sich ganz auf den Moment – und dies war ein guter, einer mit jeder Menge Nahrung.

Ein paar Diener kamen herein und gingen bald wieder. Später kam ein anderer Page und flüsterte mit ihrem Führer. Luna nahm an, dass er Befehle des Königs brachte. Trotzdem aß sie, bis kein Krümel Brot oder Käse mehr übrig und die Schüssel sauber gewischt war. Mondo lehnte sich mit einem glücklichen Seufzer gegen sie und tätschelte seinen Bauch.

„Das reicht erstmal", sagte er und sah zu ihr auf. „Wird dir der König jetzt den Kopf abhacken?"

„Ich bin mir sicher, dass er einen guten Platz für dich finden wird." Luna hatte keine bessere Antwort.

„Wenn er dich tötet, will ich auch nicht mehr leben. Ich will bei dir bleiben." Er drückte ihren Arm, was Luna die Kehle zuschnürte und es ihr schwer machte, die Tränen zu schlucken.

„Kommt." Der Page stand auf und ging los, ohne zurückzublicken.

Widerwillig nahm Luna Mondos Hand und folgte ihm. Mit so vielen Dienern und Wachen in den Korridoren blieb ihr nichts anderes übrig, besonders da sie den Ausgang des Schlosses nicht kannte.

Der Page führte sie durch weitere Flure. Als Luna bereits dachte, dass sie einen davon wiedererkannt hätte, den sie auf dem Weg zum Speisesaal der Bediensteten gesehen hatte, führte er sie eine enge Treppe hinauf. Sie stiegen, bis Lunas Beine schmerzten. *Wohin bringt er uns?* Bestimmt nicht zum Richtblock. Der wäre wohl eher im Hof oder unten im Verlies. Lunas Kopf schwirrte vor Fragen, von denen sie wusste, dass der Page sie nicht beantworten würde.

Schließlich endeten die Stufen in einem kurzen Flur mit schlichten, weiß getünchten Mauern und sechs dunklen Holztüren auf der linken Seite. Der Page öffnete die letzte.

„Das ist für euch." Er zeigte auf das Zimmer hinter der Tür. „Macht es euch nicht zu bequem. Der König wird bald nach euch schicken."

Schweigend betraten Luna und Mondo den kleinen Raum. Er enthielt ein einfaches Holzbett, breit genug für zwei, einen Schrank, zwei Stühle und einen winzigen Tisch. Das Giebelfenster bot einen Blick auf die königlichen Gärten, und Luna musste blinzeln, um den grauen Nebel aus den Schornsteinen der Stadt in der Ferne zu erkennen. Alles sah verdächtig friedlich aus.

„Es gibt ein Bad." Der Page zeigte auf eine schmale Tapetentür zwischen dem Bett und dem Schrank, die Luna vorher nicht bemerkt hatte.

„Ich geh zuerst." Mondo ließ ihre Hand los und verschwand in einem kastenähnlichen Raum. Ein Gaslicht begann zu flackern, bevor er die Tür schloss. Als sich Luna umdrehte, um dem Pagen zu danken, war er bereits gegangen. Die Tür hatte er angelehnt. Sie schloss sie, setzte sich auf das Bett und sah sich um. Das Zimmer war sauberer als alle, die sie bisher gesehen hatte. Das war kein Wunder, wenn man bedachte, wie viel Ruß und Staub es in der Stadt gab. Sie war froh, dass sie einen letzten Augenblick der Ruhe in einem so schönen Zimmer verbringen durfte.

Die Spülung rauschte, und Mondo kehrte zurück. Er wischte seine Hände an der Hose ab und beäugte das Fenster.

„Meinst du, du passt da durch? Vielleicht können wir über die Dächer abhauen."

Luna lächelte.

„Du hast entschieden zu viele Spionageromane gelesen, junger Mann."

„Aber wir müssen fliehen, und die Treppe wird bestimmt beobachtet."

„Komm her." Luna klopfte neben sich auf die Steppdecke. „Lass uns eine Weile ausruhen und Kraft sammeln. Wir brauchen sie bestimmt."

Er kuschelte sich an sie und gähnte. Sie summte sein Lieblingslied, und bald schnarchte er. Mit einem traurigen Lächeln schob sie seinen dunklen Pony aus dem zierlichen Gesicht. Er sah so aus wie der Engel auf dem Grab ihrer Mutter. Es tat weh, zu wissen, dass sie ihn nicht aufwachsen sehen würde.

Als sich die Tür öffnete und eine Wache ohne Ankündigung eintrat, zuckte Luna zusammen. Als er den schlafenden Jungen bemerkte, signalisierte ihr der Wachmann schweigend, ihm zu folgen. Sie küsste ihren schlafenden Bruder zum Abschied und war froh, dass er schlief. Sie hätte seine Trauer nicht ertragen. Mühsam schluckte sie den Kloß in ihrem Hals, erhob sich und ging an der Wache vorbei, den Flur entlang und die Treppe hinunter. Der feste Rhythmus der Stiefel der Wache folgte ihr. Am Ende der Stufen gingen sie durch eine andere Tür, und die Wache übernahm die Führung. Das überraschte Luna. Machte er sich keine Sorgen, dass sie versuchen könnte zu fliehen? Aber sie merkte bald, wie dumm dieser Gedanke war. Wo sollte sie hin? Es schien unmöglich, einen Ausgang aus dem Wirrwarr von Fluren, Treppen und Räumen zu finden, durch die er sie führte. Und was viel wichtiger war, sie konnte Mondo auf keinen Fall zurücklassen.

Schließlich erreichten sie einen kleinen, offenen Hof. Eine kleine Tür, die in ein großes Tor in der gegenüberliegenden Mauer eingesetzt war, stand offen. Der Wachmann winkte sie heran.

„Der König wartet auf dich", sagte er.

Luna runzelte die Stirn und trat an die Tür heran. Warum war sie hierher gebracht worden? Wo waren die Wachen, die für eine Hinrichtung sicherlich nötig waren? Warum ließ ihr Führer sie alleine? Das Herz schlug ihr im Halse, als sie durch die Tür trat. Ihr fiel der Unterkiefer herab. Der Schuppen – nein, die Werkstatt, die vor ihr lag, war der Traum eines jeden Mechanikers. Es gab Berge von Blechplatten, nach Größen sortiert und gegen eine Wand gestapelt. Behälter mit unzähligen Zähnrädern, Schräubchen, Lagern und Ventilen standen ordentlich in langen Regalen. Eine riesige Werkbank nahm die Hälfte der Wand links von Luna ein, und ein Wägelchen mit jedem erdenklichen Werkzeug stand davor. Eine menschliche Figur hing von einem Balken im Hintergrund der Halle, aber sie war mit einem Tuch abgedeckt, sodass Luna nicht wirklich sagen konnte, was es war. Im Zentrum der Werkstatt stand eine hydraulische Bühne, auf der etwas stand, das ebenfalls mit einem Tuch bedeckt war. So viel Stoff, dachte Luna und erinnerte sich an ihre erstes Treffen mit dem verschleierten König. Sie zwang sich, nicht zu kichern.

„Also, da ist sie, Vincente. Ich sagte doch, dass sie nicht fliehen wird." Die Stimme des königlichen Sprechers enthielt einen Unterton, der an Bedauern grenzte. Hatte er gewollt, dass sie flüchtete? Luna drehte sich gerade rechtzeitig, um ihn davon abzuhalten, in ihren Hintern zu kneifen. Ihr Herz setzte einen Schlag aus, als sie ein goldenes Glitzern in seinen braunen Augen bemerkte. Eine Strähne seiner wilden braunen Haare fiel ihm in die Stirn und ließ ihn wie einen kleinen Jungen aussehen, einen bösen, kleinen Jungen.

„Holde Maid…" Er beugte sich über ihre Hand und hauchte einen Kuss darauf.

Hitze schoss ihren Arm hinauf und drohte, sich über ihren ganzen Körper auszubreiten. Warum hatte er das getan? Luna schluckte und erinnerte sich daran, wie herablassend er sie zuvor behandelt hatte. Bestimmt war es nicht normal, einer verurteilten Frau einen Handkuss zu geben. Ihre Kehle wurde noch trockener, als sie den Mann bemerkte, der den königlichen Sprecher begleite. Sein Gesicht war unauffällig und seine lockigen Haare mausbraun, aber seine Augen waren ebenso dunkel wie die des königlichen Sprechers. Er trug dieselbe Kleidung wie der König im Thronsaal, nur der Schleier fehlte. Damit war seine Identität klar. Luna sank auf die Knie und senkte den Kopf, um ihr Urteil zu erwarteten.

„Hold mag sie ja sein, aber eine Maid? Ich bin sicher, dass ein Mädchen in ihrem Alter genügend Freier gehabt hat", sagte der König, und beide Männer lachten.

Mit brennenden Ohren stand Luna auf und starrte sie an. König oder nicht. Da sie sowieso dem Tode geweiht war, konnte sie die Situation nicht noch schlimmer machen.

„Ist es königlich, voreilige Schlüsse zu ziehen und eine Verurteilte zu verspotten?" Sie stand so gerade wie möglich. „Lasst mich enthaupten oder was immer Ihr sonst geplant hattet, aber lasst meinen Ruf da raus."

„Oh, wir haben nicht vor, eine so begabte Mechanikerin zu töten." Der Ton der sanften Stimme des Königs ließ Luna die Haare zu Berge stehen. Was für einen fiesen Hintergedanken hatte er jetzt ausgebrütet? Würde jemand ihre Schreie hören, wenn er etwas Unanständiges tat? Falls sie jemand hörte, würde derjenige sicher wegsehen. Sie trat einen Schritt zurück.

„Scheu wie ein Reh." Der Sprecher kicherte.

„Komm schon, Gustavo. Hör auf, sie zu necken." Der König nahm Lunas Arm und zog sie mit sich zu der hydraulischen Bühne. Dabei hätte sie es vorgezogen, die menschenförmige Figur im Hintergrund der Werkstatt zu untersuchen. „Wir brauchen deine Hilfe. Darum habe ich dein Leben und das deines mitleiderregenden Vaters verschont." Er zog das Tuch von der Maschine auf der Hebebühne. Sie sah wie ein Wagen aus, hatte aber nur zwei Räder. In der Mitte gab es einen großen, hässlichen Motor und obendrauf einen Sattel. „Mein Hofmechaniker erfand diese Maschine, aber nach dem ersten Test verschwand er. Jetzt trauen wir uns nicht, sie zu fahren. Was wäre, wenn etwas kaputtgeht? Ohne einen guten Mechaniker wären wir verloren."

Luna spürte echte Begeisterung in seiner Stimme. Er schien sich wirklich für diesen unheimlichen Wagen zu interessieren. Moment mal … was hatte er gesagt? Er wollte sie nicht töten? Ihre Knie wurden weich, und sie kämpfte darum, die Haltung zu bewahren. Sie würde nicht sterben – warum war es so schwer, die Hände vom Zittern abzuhalten?

„Also los, sieh sie dir an. Mach dich damit vertraut. Wenn du mir sagen kannst, wie sie funktioniert, bevor die Sonne untergeht, teile ich meinen Kakao mit dir." Er zeigte auf ein Tablett mit Tassen und einem Krug darauf.

Zum ersten Mal, seit sie die Wachen an diesem Morgen geweckt hatten, um sie aus ihrem Heim zu schleifen, entspannte sie sich und lächelte. „Nicht jedes Mädchen träumt davon, den Becher des Königs zu teilen, Majestät. Aber da mich diese Maschine fasziniert, werde ich mein Bestes tun."

Sie drehte sich zu dem seltsamen Wagen um und studierte ihn. Der Rahmen ähnelte einem großen M oder einem verdrehten W mit Rädern an beiden Enden. Eine Kette führte von der Dampfmaschine in die Mitte und zu dem Hinterrad. Über dem Motor war ein Pferdesattel angebracht und, ein Stück weiter vorne, ein waagerechtes Metallrohr mit einem Griff auf jeder Seite. Luna nahm an, dass der Fahrer, wer immer das auch sein würde, oben auf dem Motor sitzen und sich an der Stange festhalten sollte. Diese Vermutung bestätigte sich, als sie Fußstützen an beiden Seiten der Maschine entdeckte.

Sie beugte sich vor, um die Maschine besser untersuchen zu können. Die Verstrebungen der Maschine waren überraschend zierlich. Sie konnte sich nicht vorstellen, dass der Motor funktionieren würde, ohne zu explodieren. Doch sie hatte versprochen, ihn zu untersuchen, und das würde sie tun. Sie ging die Elemente der Maschine durch. Feuerbüchse, vorhanden. Wasserreservoir, vorhanden. Kolben? Merkwürdigerweise gab es keine Kolben. Stattdessen wurde der Dampf durch eine Röhre mit einem Propeller geleitet. Der Propeller war wiederum mit einem Zahnrad verbunden, das die Kette bewegen würde, die über das Hinterrad des Fahrzeugs führte. Luna staunte über die Genialität des Erfinders.

Ein schneller Blick zeigte ihr, dass die beiden Männer damit beschäftigt waren, zu plaudern und etwas Schwarzes zu trinken. Für einen Moment erlaubte sie sich, die beiden anzusehen. Der König war nicht hässlich, sah aber lange nicht so gut aus wie sein Sprecher Gustavo. Dessen breite Schultern und schmale Hüften waren sicherlich der Traum eines jeden Mädchens. Das Problem mit gut aussehenden Typen wie ihm war jedoch normalerweise, dass sie um die Bewunderung der Frauen wussten. Sie zwang ihren Blick zurück zum Motor. Sie würde jedenfalls keinem Mann erlauben, egal welchem, ihr Herz zu brechen. In der nächsten halben Stunde ließ sie sich Zeit und prüfte die ganze Maschine gründlich, ganze besonders die Schläuche und Röhren, durch die der Dampf gepresst wurde, um den Propeller in der Röhre anzutreiben. Der königliche Mechaniker hatte sie aus einem Material gemacht, das gleichzeitig fest und flexibel zu sein schien. Obwohl, wie fest es wirklich war, musste erst noch getestet werden. Zwei der Rohre hatten sich gelockert, also schraubte sie sie wieder fest und vergewisserte sich, dass sie dicht waren. Dann startete sie die Maschine, und eine Wolke aus Dampf und Ruß stieg zu den Dachsparren der Werkstatt auf.

„Hey, sie läuft." Der König stellte seinen Becher beiseite und kam hastig herüber. Er klopfte ihr auf den Rücken. „Wunderbar. Jetzt lasst uns damit fahren."

„Nicht so schnell", sagte Luna. „Ich muss zuerst einige Tests durchführen. Bisher arbeitet nur die Maschine. Ich habe die Übertragung der Kraft auf das Hinterrad nicht getestet."

Die Maschine lief überraschend rund und ohne Fehlzündungen oder andere Unregelmäßigkeiten, aber die Kette zum Hinterrad blieb unbeweglich. Luna nahm die Zahnräder und Kabel genauer unter die Lupe und entdeckte, dass zwei von ihnen zu je einem Hebel an der waagerechten Stange oben am Motor führten. Ein Hebel bewegte einen Gleiter in der Röhre mit dem Propeller. Dadurch konnte man Dampf aus der Röhre lassen und so den Propeller verlangsamen.

„Es scheint, dass man hiermit die Geschwindigkeit drosseln kann." Luna zeigte dem König den Hebel.

Der zweite Hebel bewegte das Zahnrad mit der Kette, sodass es sich mit dem Zahnrad am Propeller verbinden konnte. Vorsichtig reduzierte Luna die Geschwindigkeit des Propellers, soweit es ging. Dann zog sie den zweiten Hebel. Das Hinterrad rastete ein und begann, sich zu drehen. Es sah wirklich so aus, als ob sich diese Höllenmaschine bewegen könnte. Sie trennte die Zahnräder wieder und lächelte den König an.

„Sieht so aus, als wäre sie soweit", sagte Gustavo.

„Ich fahre zuerst." Der König trat einen Schritt vor, aber Luna hielt ihn auf.

„Ihr solltet das nicht riskieren, Majestät. Wir wissen nicht, ob die Maschine explodiert, wenn jemand darauf reitet."

„Du hast recht", seufzte der König. „Gustavo, du zuerst."

„Ich bin geehrt. Leider muss ich ablehnen. Warum lassen wir nicht sie reiten?"

„Wir brauchen sie noch, falls etwas explodiert."

„Stimmt. Also gut, ich mach es. Lass mich nur noch eine Sache erledigen, bevor ich meinen Hals riskiere." Gustavo ging zur Werkbank, zog ein Stück Papier und einen Stift aus einem Kasten und begann zu schreiben.

„Was machst du da?" Der König ging hinüber und sah über seine Schulter.

„Ich mache mein Testament. Da ich noch keine Erben habe, will ich, dass du im Falle meines Todes alles bekommst, was ich besitze. Und ich will, dass du die Mechanikerin hinrichten lässt und sie mit mir begräbst. Ein Mann braucht ein wenig Spaß, selbst im Tod." Er lachte, und der König fiel ein.

Luna fand es nicht lustig.

„Weißt du was? Ich habe auch noch keinen Erben." Der König zog ein zweites Blatt Papier und einen Stift aus dem Kasten und schrieb auch. „Wenn mir etwas passieren sollte, wirst du Regent, bis es mir besser geht. Und sollte ich sterben, will ich, dass du einspringst, bis meine vagabundierenden Brüder nach Hause geholt worden sind."

Luna rollte mit den Augen. Sie war sich sicher, dass Gustavo jede Form von Macht ausnutzen würde. War der König wirklich so schlecht darin, Leute zu beurteilen, oder war er einfach nur leichtsinnig und hoffte, dass nichts geschehen würde? Sie zuckte mit den Schultern.

Ihr Blick fiel auf die menschenähnliche Figur an dem Balken im Hintergrund der Werkstatt, und sie hatte eine Idee. Vielleicht war es gar nicht nötig, einen echten Menschen auf die Maschine zu setzen. Vielleicht hatte der königliche Mechaniker einen mechanischen Reiter entwickelt, der den zweirädrigen Wagen reiten sollte. Da die beiden Irren damit beschäftigt waren, ihre Testamente zu schreiben, ging sie zu der Figur und ließ sie so weit herunter, dass sie sie erreichen konnte. Sie zog das Tuch herunter und lächelte. Sie hatte Recht gehabt, es war ein mechanischer Mensch.

Die winzigste Dampfmaschine, die sie je gesehen hatte, saß in einer Vertiefung in der Brust und wartete nur darauf, eingeschaltet zu werden. Arme und Beine waren mit dem Körper durch hydraulische Gelenke verbunden, und eine Menge Kabel verbanden alles mit dem Hals. Das Einzige, was fehlte, war der Schädel. Luna fragte sich, wo der sein konnte, als Gustavo ihren Arm ergriff.

„Komm schon, wir brauchen dich. Du musst unsere Testamente als Zeugin unterschreiben."

„Das brauchen wir nicht." Luna zeigte auf den mechanischen Menschen. „Der da könnte an eurer Stelle reiten."

„Auf keinen Fall", sagte Gustavo. „Der hat ja kein Gehirn. Der Hofmechaniker verschwand, als er versuchte, eines von einem Hingerichteten zu bekommen." Er zeigte auf einen Apparat, der einem Sieb mit einem Kabel ähnelte, das zum fehlenden Schädel führte. „Er meinte, er könnte alle Erinnerungen einer lebenden Person in seinen Metallmann verschieben und wieder zurück. Das habe ich ihm nie geglaubt."

Er zog sie mit sich zur Werkbank zurück und drückte ihr einen Stift in die Hand. Luna unterschrieb die Papiere schwungvoll, wohl wissend, dass die beiden wahrscheinlich erwartet hatten, dass sie einfache Kreuze machen würde wie die meisten Bürger.

„Ooooh, sie kann schreiben." Gustavo gelang es, seinen überraschten Ausruf wie eine Beleidigung klingen zu lassen.

Luna biss sich auf die Lippe. Im Moment hatte er die Oberhand. Sie würde ihm auf keinen Fall von den endlosen Unterrichtsstunden mit ihrer Mutter erzählen. Die Erinnerung an ihre Mutter brachte ihre Sorge um Mondo zurück. Was, wenn er aufgewacht wäre, und sie war fort? Er war zwar ziemlich müde gewesen, aber sicher wäre es besser, so schnell wie möglich nach ihm zu sehen, damit er sich keine Sorgen machte.

„Wenn das alles ist, Majestät, würde ich jetzt gerne zu meinem Bruder zurückkehren." Sie knickste, so gut sie konnte.

„Nein. Du musst bei dem Ausflug dabei sein", sagte der König. „Niemand darf wissen, dass ich das Schloss verlasse, oder sie machen einen riesigen Aufstand. Sie würden mich nicht ohne eine Begleitung in der Größe einer Stadt gehen lassen."

„Aber mein Bruder wird glauben, dass Ihr mich hingerichtet habt, wenn er aufwacht." Luna konnte nicht schweigen, obwohl sie wusste, dass sie Schwierigkeiten bekommen würde, wenn sie dem König widersprach.

„Na und?", sagte Gustavo. „Er beruhigt sich auch wieder. Jetzt lasst uns diese Schönheit hier herausbringen."

Bevor Luna weiter protestieren konnte, ging der König zur Tür und rief den Pagen. Der junge Mann erschien so schnell, dass er draußen herumgelungert haben musste.

„Informiere den Bruder des Mädchens darüber, dass seine Schwester lebt und dass es ihr gut geht. Sie kehrt bei Einbruch der Nacht zu ihm zurück."

Der Page verbeugte sich und rannte los. Der König drehte sich zu ihnen um.

„Das ist die einfachste Art, ihn loszuwerden."

„Perfekt." Gustavo klopfte ihm auf die Schulter.

Mit viel Mühe schoben Luna und Gustavo das Monster, wie sie es insgeheim nannte, auf einen niedrigen Anhänger. Während Luna das Monster abdeckte, verschwand Gustavo. Er kehrte mit einem Dampfwagen, einer dampfgetriebenen Kutsche der neuesten Baureihe, zurück. Luna hatte einige in der Stadt gesehen, aber noch keines aus dieser Nähe.

„Lasst uns die Küstenstraße nehmen. Vom Schloss geht niemand dorthin", sagte der König und rutschte unter die Bedeckung des Monsters.

Luna öffnete den Mund, um zu protestieren. Die Straße war viel zu gefährlich für den König, aber Gustavo war schneller.

„Beeil dich und mach die Türen auf."

Lunas Mund klappte zu, und sie tat, was ihr befohlen worden war. Wenn sich der König umbringen wollte, wer war sie, ihn aufzuhalten?

Schweiß tropfte von ihrer Stirn, als es ihr schließlich gelang, das große doppelte Tor zu schließen, nachdem Gustavo den Dampfwagen herausgefahren hatte. Wenn sie jetzt nur gehen könnte. Sie sorgte sich um Mondo. Schließlich war er erst sechs und konnte leicht in Schwierigkeiten geraten, wenn sie nicht da war. Aber Gustavo würde sie nicht gehen lassen, also stieg sie widerwillig in den Dampfwagen. Sie hielt den Blick gesenkt, als sie durch eine Reihe von Schlosshöfen tuckerten. Als sie nach einer langen Diskussion zwischen Gustavo und den Wachen das Haupttor passierten, überlegte sie, abzuspringen und sich in der Menge der Bittsteller zu verstecken, die am Tor auf eine

Audienz mit dem König warteten. Wenn sie wüssten, wie nahe sie ihrem Herrscher waren … Aber sie lief nicht davon, weil sie an Mondo dachte. Sie würde ihn nicht aus dem Schloss holen können, und allein würde er nicht hinaus finden. Sie seufzte, als der Dampfwagen beschleunigte.

Gustavo fuhr durch die Stadt, ohne auf Fußgänger Rücksicht zu nehmen. Oft sprangen die Leute im letzten Moment aus dem Weg des Dampfwagens. Luna war froh, als sie die Stadttore passierten. Je weiter sie aus der Stadt herausfuhren, desto weniger Menschen waren da. Schließlich hielt Gustavo an.

„Du kannst herauskommen", rief er in Richtung Anhänger.

„Mann, ich dachte schon, die Wachen hätten mich entdeckt, als sie darauf bestanden, den Anhänger zu durchsuchen." Lachend warf der König die Plane zurück. Er überließ es Gustavo und Luna, das Monster vom Anhänger zu rollen. Bald tuckerte die Maschine vor sich hin, und Gustavo stieg auf.

Er sollte etwas aufsetzen, das den Kopf schützt. Andererseits würde es Luna nicht stören, wenn ihm der Kopf etwas wehtäte. Lass uns hoffen, dass er ihn sich an einem Baum oder so was stößt. Der König klopfte ihm auf die Schulter, und sie sah ihm nach, als er davonrollte. So eine seltsame Freundschaft – nun ja, wenn man bedenkt, wie oberflächlich die beiden sind, überrascht es mich eigentlich nicht. Wenigstens kann der König ziemlich anständig sein, wenn er will.

Gustavo beschleunigte das Monster etwas und begann, auf der Wiese neben der Straße im Kreis zu fahren. Zuerst holperte und ruckte die Maschine, aber bald hatte er sie unter Kontrolle.

„Lasst uns ein Stück die Küste entlangfahren und sehen, wie schnell es ist", schrie er und düste los.

„Idiot! Warte auf uns." Der König sprang in den Dampfwagen und wartete kaum auf Luna, bevor er dem Monster hinterher raste.

Gustavo schrie und jauchzte und genoss die Fahrt offensichtlich. Der König beschleunigte, um ihn einzuholen. Luna stockte der Atem, als sie das Kliff von mindestens hundert Fuß an der rechten Seite der gefährlich schmalen Straße sah. Sie klammerte sich an die Armlehne des Sitzes, um nicht aus dem Dampfwagen geschleudert zu werden, die auf der Straße heftig durchgeschüttelt wurde. Ihr Herz arbeitete so laut wie die Kolben einer Maschine. Sie schwor sich, dass sie, wenn sie diese Fahrt überleben würde, ihren Bruder schnappen und das Königreich für immer verlassen würde. In diesem Moment wäre sie lieber sonst wo auf der Welt gewesen als in dem Dampfwagen.

„Hör auf so grantig auszusehen", sagte der König. „Das macht Spaß."

Nein, tut es nicht. Luna biss sich auf die Lippe, um das nicht laut zu sagen. Stattdessen fragte sie: „Warum lässt du dich von Gustavo zu so einem gefährlichen Unternehmen überreden? Wenn etwas geschieht, haben wir nicht einmal einen anständigen Doktor in der Nähe."

„Aber das ist doch ein Teil des Spaßes. Mit Gustavo kann ich all das machen, was mir meine Berater nicht erlauben."

Luna versuchte erfolglos, den Blick von der schmalen Straße zu heben, die sich an den Klippen entlang wand, um dem König einen bösen Blick zuzuwerfen.

„Du wirst ohne Erben sterben."

„Ach, komm schon. Es passiert schon nichts, und wenn doch, gibt es immer noch meine kleinen Brüder."

Luna konnte nicht glauben, wie unverantwortlich er sich benahm. Der Dampfwagen glitt stöhnend und ächzend um eine weitere Haarnadelkurve, aber der König wurde nicht langsamer. Das Monster bog eben um die nächste Kurve vor ihnen. Es fuhr mit einer Geschwindigkeit, die Luna wünschen ließ, dass sie nie herausgefunden hätte, wie es funktionierte. Schweiß lief ihr über die Stirn und stach in ihren Augen. Diese Männer waren irre – alle beide. Der König schleuderte den Dampfwagen um ein paar weitere Kurven und hielt mit kreischenden Bremsen neben Gustavo. Luna entspannte sich erleichtert und starrte die beiden Freunde an. Gustavo wischte sich die Finger am Ärmel seiner Samtweste ab, bevor er seinen Freund auf den Oberarm boxte.

„Das war unglaublich, Vincente. Ich könnte für immer damit fahren!"

Der König stieß ihn beiseite und stieg auf den Sitz des Monsters.

„Nichts da. Es ist eine Stunde vor Sonnenuntergang, und wir müssen bald zurück, um an dem Festessen teilzunehmen. Jetzt bin ich dran."

„Fahr zuerst ein paar Kreise, bis du den Bogen raus hast, wie man nicht herunter fällt", sagte Gustavo. „Und fahr erst einmal langsam."

Der König gehorchte, ohne sich zu beklagen, was Luna sehr überraschte. Der König? Herumkommandiert von einem Diener? Natürlich war Gustavo mehr als ein einfacher Diener, aber er schien einen Einfluss auf den König zu haben, der Luna mehr und mehr Sorgen machte. Sie zuckte zusammen, als er zu ihr in den Dampfwagen sprang und sie wendete, um dem König zu folgen, der bereits die Küstenstraße entlang fuhr. Luna sah ihn kurz von der Seite an und ihr Herz schlug schneller. Er sah wirklich äußerst gut aus, und obwohl sie die Reaktionen ihres Körpers verachtete, wollte sie in seiner Nähe sein. Und er war unverheiratet … Was denkst du da? Du hast selbst gesagt, dass er verrückt ist. Sie zwang ihren Blick auf die Straße zurück und hielt nach dem König Ausschau. Zuerst noch etwas wackelig, dann immer sicherer, fuhr er den Weg zurück, den sie gekommen waren. Manchmal kam er dem Rand des Kliffs gefährlich nahe. Luna wollte am liebsten die Augen schließen, wagte es aber nicht. Zu ihrer Überraschung fuhr Gustavo viel bedächtiger als der König. Besorgt sah sie den verrückten König auf der gewundenen Straße davonrasen. Plötzlich war sie sicher, dass etwas Schreckliches geschehen würde. Ihr Herz fühlte sich an, als ob es von einer riesigen Faust zerquetscht würde. Dasselbe Gefühl hatte sie ein einziges Mal zuvor verspürt, und zwar am Tag, als ihre Mutter gestorben war.

Trotz ihrer Mischung aus Zu- und Abneigung packte sie Gustavos Arm. Ein elektrischer Schlag schoss durch ihren Arm, und es fiel ihr schwer, ihre Stimme im Griff zu behalten.

„Fahr bitte schneller. Wir müssen ihn aufhalten."

„Bist du verrückt? Diese Straße ist gefährlich, wenn wir zu schnell fahren."

„Ich weiß. Deshalb müssen wir uns doch beeilen."

Gustavo ignorierte sie und fuhr weiter vorsichtig. Luna war nahe daran, aus dem Wagen zu springen und zu rennen, aber der Dampfwagen war viel schneller, als sie es je sein konnte. Sie kämpfte gegen den Drang, Gustavo zu erdrosseln. Wie konnte ein Mann, der so gut aussah, so gefühllos sein? Merkte er nicht, dass sein bester Freund gefährlich nahe an der Kante fuhr? Wieder klammerte sie sich an die Armlehne des Wagens, aber dieses Mal aus einem anderen Grund. Sie musste den König erreichen, bevor ihre Vorahnung wahr werden konnte.

Der Dampfwagen bog um die nächste Kurve in der Straße und Luna seufzte. Das Monster hatte den König schon zur nächsten Kurve getragen. Seine Lenkstange zuckte stark. Der König verlor den Halt und seine Arme suchten verzweifelt nach Halt. Das Monster rutschte seitwärts weg und krachte auf den Boden. Im letzten Moment gelang es dem König, sein Bein wegzuziehen. Vom Monster befreit, schleuderte ihn sein eigener Schwung vorwärts. Sein qualvoller Schrei übertönte das Schnaufen des Dampfwagens.

Gustavo beschleunigte, aber sie würden es nie rechtzeitig schaffen. Luna konnte nichts tun als zuzusehen. Das war das Ende des Königreichs, wie sie es kannte. Das Monster stieß gegen einen vorstehenden Felsbrocken, drehte sich und stürzte über den Rand der Klippe. Der König blieb wie ein zerbrochenes Spielzeug neben dem Felsen liegen. Wenigstens er war nicht mit abgestürzt.

Mit einer Kehle, so trocken, als hätte sie ein, zwei Tage nichts getrunken, und einem Herzen, das so hämmerte wie der Kolben einer Dampfmaschine, sprang sie in der Minute aus dem Wagen, als er hielt. Sie kauerte sich neben den König und suchte nach Lebenszeichen. Oh Gott, das erinnerte sie so sehr an den Tag, als ihre Mutter gestorben war. Ihre Augen brannten, aber sie zwang die Tränen zurück. Der König atmete immer noch, genau wie ihre Mutter, zwar nur flach, aber ohne fremde Hilfe.

„Er lebt noch." Vorsichtig fühlte Luna an seinem Hals nach dem Puls. Er war unregelmäßig, aber vorhanden. Das war ein gutes Zeichen.

„Ich nehme ihn." Gustavo wollte sie zur Seite stoßen, aber sie ließ ihn nicht.

„Wir dürfen ihn nicht bewegen."

„Willst du, dass er stirbt? Er muss zu einem Arzt."

Genau das war damals ihr erster Gedanke gewesen, als die Kutsche ihre Mutter überfahren hatte. So verständlich es gewesen war, die Tatsache, dass sie ihre Mutter bewegt hatte, hatte zu deren Tod geführt. Also blieb Luna unnachgiebig und schob Gustavo weg.

„Sein Rückgrat könnte gebrochen sein. Wenn wir ihn bewegen, ohne dass ein Arzt ihn vorher ansieht, kann er sterben. Ich habe meine Mutter so verloren."

„Oh." Zum ersten Mal, seit sie ihn getroffen hatte, glaubte Luna, ein echtes Gefühl in seinen Gesichtszügen zu bemerken. Sie war sich nur nicht sicher, welches Gefühl es war; möglicherweise Furcht.

Er fasste sich schnell.

„Du meinst, ich sollte den Arzt lieber her holen, anstatt Vincente hinzubringen?"

Sie nickte und untersuchte den König, so gut sie konnte. Der arme Mann war gegen den Felsvorsprung geknallt, was ihn vor dem sicheren Tod bewahrt hatte. Wenn er über die Kante mitgeschleift worden wäre, wäre er verloren gewesen. Aber der Zusammenprall hatte ihn verdreht. Eine große Schnittwunde auf seiner Stirn blutete stark. Sie zog ihr Taschentuch aus einer versteckten Tasche in ihrem Rock und tupfte das Blut ab.

Gustavo ließ ein Cape und eine Decke neben sie fallen.

„Halt ihn warm, bis ich zurück bin. Aber sei versichert, dass du die Konsequenzen tragen wirst, wenn er stirbt, bevor der Arzt kommt."

Im Moment interessierte Luna das kein bisschen, obwohl sie vermutete, dass sie ihre Entscheidung später bedauern würde. Aber der König atmete, und sein Puls war vorerst stark genug. Während das Schnaufen des Dampfwagens verklang, nahm sie den Mantel und deckte den Verletzten zu. Dann rollte sie die Decke auf und legte sie unter seine Knie, so gut sie konnte, ohne ihn zu bewegen. Erleichterung durchflutete sie, als er weiteratmete. Dann saß sie an seiner Seite, hielt seine Hand, murmelte tröstliche Dinge und tupfte Blut ab, das langsam auf seiner Stirn gerann. Gustavo würde einige Zeit weg sein. Hoffentlich würde der König so lange überleben.

Nach einer scheinbaren Ewigkeit flatterten seine Augenlider. Luna beugte sich vor, um besser zu sehen. Seine Augen öffneten sich, und sie erkannte an den feinen Fältchen an seinen Schläfen, dass er Schmerzen hatte. Sein Mund bewegte sich. Da sie kein Wort hörte, beugte sie sich noch weiter vor.

„Meine Füße … Ich spüre meine Füße nicht." Seine Stimme war kaum mehr als ein Hauch.

„Gustavo holt einen Arzt." Luna wusste nicht, was sie sonst sagen sollte. Zum Glück schienen ihre Worte den König zu beruhigen. Er entspannte sich und schloss die Augen wieder.

„Mein Kopf tut so weh." Die Stimme wurde etwas stärker. Dann schwieg er, als ob er eingeschlafen wäre. Sie beobachtete ihn, hielt seine Hand und wartete darauf, dass er wieder aufwachte. Eine seltsame Milde stahl sich in ihr Herz. Mit geschlossenen Augen wirkte er wie ein kleines Kind oder ein flügelloser Engel. Wenn nur die Schmerzensfalten um seine Mundwinkel nicht so tief gewesen wären. Die Wärme in ihrem Brustkasten breitete sich in ihrem ganzen Körper aus. Hätte sie das Gefühl benennen sollen, hätte sie es wohl Mitleid genannt. Aber es gab niemanden, der fragte, nicht einmal sie selbst. Sie streichelte seine Wange und seine Augen öffneten sich.

„Ich sterbe, nicht wahr?"

„Nein!" Luna setzte sich so gerade hin, wie sie konnte. „Der Arzt wird jeden Moment hier sein. Er wird Euch heilen. Ganz bestimmt."

Das Lächeln, das seine Mundwinkel hob, wirkte traurig.

„Wenn ich tot bin, sag ihnen, dass sie meinen zweitjüngsten Bruder holen sollen. Er wird ein guter König sein."

Gerade als das Schnaufen des zurückkehrenden Dampfwagens wieder zu hören war, schloss der König seine Augen und fiel in einen unruhigen Schlummer. Statt Gustavos Wagen kam eine Ambulanz mit dem Arzt und zwei Krankenpflegern. Luna machte Platz für sie. Nachdem er den verletzten König untersucht hatte, nickte ihr der Doktor zu.

„Das hast du gut gemacht. Wenn sein Gehirn nicht zu stark geschädigt ist, überlebt er vielleicht." Mit Hilfe der Krankenpfleger stabilisierte er das Rückgrat durch ein breites Band. Erst danach hoben sie den König auf die Trage und brachten ihn in die Ambulanz. Luna wurde erlaubt, vorne mitzufahren.

Sie fuhren schweigend. Während sie sich dem Schloss näherten, fragte sich Luna, wie gut sich der König wohl von einem gebrochenen Rückgrat erholen würde. Außerdem wusste sie von Leuten, die erst mehrere Tage nach einem Sturz auf den Kopf gestorben waren. Es wäre wahrscheinlich klug, Mondo zu schnappen und abzuhauen, sobald sie zurück waren.

Sie hatten kaum im Haupthof angehalten, als sich eine massige Frau in einem blau-goldenen Kleid auf sie stürzte. Ihre weißen Ringellocken waren kunstvoll zu einem Vogelnest aufgesteckt (einschließlich eines ausgestopften Vogels), und ihr goldgesäumtes Mieder drohte wegen ihrer heftigen Atemstöße zu platzen. Sie missachtete alle und drängte Luna, den Arzt und die Krankenpfleger beiseite.

„Mein kleiner, süßer Liebling." Sie nahm die Hand des Königs. „Du wirst ganz schnell wieder auf den Beinen sein. Wirst schon sehen."

„Das bezweifele ich. Sein Rückgrat ist gebrochen, und niemand in der Welt kann so etwas reparieren", sagte der Doktor, aber die Frau ignorierte ihn.

„Bringt ihn in sein Bett. Ganz vorsichtig." Als sofort alle auf ihren Befehl reagierten, begriff Luna, dass diese Dame die Amme des Königs sein musste, eine der mächtigsten Frauen bei Hof. Sie versuchte, im allgemeinen Durcheinander zu verschwinden, um Mondo zu suchen, aber die königliche Amme packte ihre Schulter.

„Du warst bei ihm?"

Luna nickte, und die Amme zog sie mit sich.

„Erzähl mir, was er gesagt hat."

Auf dem Weg ins Schlafzimmer des Königs wiederholte Luna die wenigen Worte, die er gesprochen hatte, beschrieb seine Angst vor dem Tod und sagte, wen er als Erben ausgesucht hatte. Die Amme drückte ihren Arm.

„Du bist ein fähiges Mädchen, weißt du. Ich will, dass du bei ihm bleibst, bis es ihm besser geht. Man kann diesen höfischen Idioten nicht trauen."

Luna protestierte, aber die Amme ließ sich nicht umstimmen. Sie winkte Lunas Sorge um Mondo beiseite, indem sie einen Diener losschickte, den Jungen zu holen.

„Er kann dir Gesellschaft leisten und den König unterhalten, wenn er zu sich kommt. Kinder sind eine wunderbare Medizin." Sie lächelte, und ihre Augen funkelten. „Ich sollte das wissen, oder nicht?"

Luna lächelte zurück und entschied, dass sie die Amme mehr mochte als sonst jemanden bei Hof. Das Schlafzimmer des Königs war riesig. Bilder, Wandteppiche und vergoldete Ornamente bedeckten die Wände. Der winzige Kamin war bestimmt nicht groß genug, um das ganze Zimmer im Winter zu heizen. Und das Himmelbett war so groß, dass der König darin verloren wirkte.

Während der Doktor den Hals und den Hinterkopf des Königs eingipste, wurde ein zweites Bett neben dem des Königs aufgestellt, damit sie jederzeit bei ihm sein konnte. Gustavo versuchte, so nahe wie möglichen beim König zu bleiben, aber er wurde immer wieder von der Amme verdrängt. Als sie ihn wieder einmal beiseiteschob, machte er einen Schritt zurück, stolperte rückwärts über die Tasche des Arztes und fiel zu Boden. Er heulte vor Schmerz.

„Ach du meine Güte, was ist passiert?" Die Amme war voller Mitgefühl, aber Luna bemerkte ein schelmisches Funkeln in ihren Augen. Als der Doktor mit der Behandlung des Königs fertig war, untersuchte er Gustavo.

„Ihr Steißbein ist geprellt. Das wird ein paar Tage schmerzen, und es kann sein, dass Sie nur langsam gehen können. Sitzen sollte kein Problem sein, solange Sie ein Kissen verwenden. Hier ist eine Salbe. Tragen Sie sie zweimal am Tag auf." Er packte seine Tasche und verließ das Zimmer. Nur Luna hörte, was er im Gehen murmelte.

„Schwerfälliger Idiot", sagte er. Sie zwang sich, nicht zu lächeln.

Gustavo warf ihr einen bösen Blick zu und knurrte.

„Glaubst du, dein Vater wäre damit einverstanden, dass du Vincentes Schlafgemach teilst?"

„Sie wird nicht alleine sein", sagte die Amme. „Ihr kleiner Bruder wird Tag und Nacht bei ihr sein. Nun verschwinde von hier. Er muss sich ausruhen."

„Hören Sie auf, mich herumzukommandieren. Solange es Vincente nicht gut geht, bin ich der Regent dieses Königreichs." Gustavo stand auf und zog das Testament hervor, das Luna als Zeugin unterschrieben hatte. Plötzlich fühlten sich ihre Hände wie Eisklötze an, die an ihrer Seite herabhingen. Hoffentlich würden ihn die königlichen Berater nicht herrschen lassen – nicht einmal für eine kurze Zeit. Aber tief in ihrem Herzen wusste sie, dass sie genau das tun würden. Resigniert wandte sie sich dem König zu, um mit ihrer Pflicht zu beginnen.

Während der nächsten Stunden wischte Luna den Schweiß von der Stirn des Königs und fragte sich, wie sie in diesen Schlamassel geraten war. Eigentlich wollte sie Mondo schnappen und so schnell verschwinden, wie sie nur konnte. Doch das unbewegliche, blasse Gesicht auf dem Kissen bettelte sie schweigend an zu bleiben.

Der Doktor trat erneut ein. Er hatte sie jede halbe Stunde besucht. Dieses Mal brachte er die königliche Amme mit. Sie trug eine Babyflasche. Luna trat zurück, um Platz für sie zu machen.

„Ich sage immer noch, dass das Gehirn Schaden genommen hat. Sonst wäre er inzwischen erwacht." Er stellte seine Tasche auf das Bett, öffnete sie und zog eine Spritze heraus. „Ich kann ihm Medizin injizieren, aber wenn er nicht bald trinkt, wacht er nie mehr auf."

Die Amme lächelte zuversichtlich, setzte sich auf den Rand des Bettes und steckte den Sauger der Babyflasche in den Mund des Königs. Luna sah fasziniert zu, wie die Amme etwas Wasser in den unbeweglichen Mund presste. Der König gurgelte und schnappte nach Luft, aber sein Körper bewegte sich nicht. Es war unheimlich. Schnell zog ihn die Amme an den Schultern zu sich heran. Da der Gips Hals und Kopf fixierte, rollte er auf die Seite, und das Wasser rann aus seinem Mund. Sofort besserte sich seine Atmung.

Der Doktor schüttelte den Kopf.

„Ich sagte doch, dass das nicht funktionieren würde. Ich habe das schon einmal gesehen." Er seufzte und packte seine Sachen wieder in die Tasche. „Er muss aufwachen, und zwar bald, sonst ist alles verloren. Lasst uns hoffen, dass meine Medizin ausreicht, denn ich weiß nicht weiter."

„Ich bleibe noch etwas hier." Tränen standen in den Augen der Amme. Als der Doktor gegangen war, streichelte sie die Wange des Königs und lächelte, aber das Lächeln erreichte nicht ihre Augen. „Er ist mein Kind, der Sohn, den ich nie hatte."

„Das tut mir so leid." Luna wusste nicht, was sie sonst sagen konnte. Da hatte sie eine Idee. Vielleicht … aber war das nicht unanständig? Ihr Herz raste. Sie konnte das nicht … nicht mit dem König … Aber was, wenn er starb? Seine Lippen sahen ziemlich ausgetrocknet aus. Sie nahm sich zusammen und wandte sich an die Amme. „Würden Sie mir die Babyflasche leihen?"

Die Augenbrauen der Amme hoben sich, aber sie gab ihr das Fläschchen, ohne zu fragen. Luna saugte einen Schluck Wasser heraus, trat näher ans Bett und beugte sich vor. Sehr sanft legte sie ihre Lippen auf die des Königs. Mein erster Kuss, und der Mann reagiert nicht einmal. Wie romantisch, dachte sie, als sie einige Tropfen Wasser in den Mund des bewusstlosen Mannes rieseln ließ. Gleichzeitig rieb sie vorsichtig mit einem Finger über seine Kehle. Wie sie gehofft hatte, schluckte er. Ihre Lippen verspannten sich bei der Bewegung und Schmetterlinge schlugen in ihrem Magen Purzelbäume, aber es gelang ihr, ihm alles Wasser aus ihrem Mund einzuflößen, ohne etwas zu verschütten. Als sie sich aufrichtete, starrte die Amme sie mit großen Augen an.

„Woher wusstest du, dass das funktionieren würde?"

„Ich hoffte es", sagte Luna. „Meine Mutter hat das vor einigen Jahren mit einem Jungen gemacht, der sehr hohes Fieber hatte, und er überlebte."

„Wenn mein Junge überlebt, weiß ich jedenfalls, wem ich danken muss." Die Amme blinzelte einige Tränen weg und drückte Lunas Hand.

Verlegen starrte Luna zu Boden, aber sie blieb an der Seite der Amme, bis ein Diener kam, um die Dame zu einer wichtigen

Besprechung mit den Beratern des Königs zu bitten. Dann flößte sie ihrem Schützling noch etwas Wasser ein.

Ein paar Stunden später verabreichte sie dem König einen weiteren Schluck Wasser, und er schluckte gehorsam. Inzwischen hatte sie ihm so oft welches gegeben, dass sie dieser Teil ihrer Pflicht nicht mehr störte. Um ehrlich zu sein, genoss sie das Gefühl seiner warmen Lippen auf den ihren. Mittlerweile musste sie seine Kehle nicht mehr reiben, weil er begonnen hatte, ohne diese Stimulierung zu schlucken. Vorsichtig optimistisch, sah sie zu dem Krankenpfleger, der herein trat. Er kam, um sich um die weniger appetitlichen Funktionen eines menschlichen Körpers zu kümmern. Immerhin musste sie das nicht auch noch erledigen.

Aus Pietät verließ sie das Zimmer, lehnte sich im Flur an die Wand und wartete darauf, dass der Pfleger fertig wurde. Sie ließ die Gedanken schweifen. Wie es wohl wäre, wirklich geküsst zu werden? Obwohl der König bewusstlos in seinem Bett lag, spürte sie die Wärme seiner Lippen auf den ihren prickeln. Sie waren genau so, wie sie sich die Lippen eines Mannes vorgestellt hatte: weich, geschmeidig und mit einem Geschmack nach süßsauren Bonbons. Ein angenehmer Schauer lief über ihren Rücken.

Bestürzt rief sie sich zur Ordnung. Das würde nie geschehen. Erstens liebte sie den König nicht. Es waren nur die Hormone, von denen ihr ihre Mutter erzählt hatte, als Luna kein kleines Kind mehr gewesen war. Zweitens war der König ein Idiot und hatte sich während der kurzen Zeit, die sie ihn kannte, ziemlich unausstehlich benommen. Wenn sie jemals jemanden küssen würde, musste es ein Mann sein, der sie so liebte, wie sie war – jemand mit zarten Händen und einem Lächeln, das ihr Herz wärmte.

Der Krankenpfleger verließ das Zimmer mit einer Papiertüte und nickte ihr zu. Sie schob die Gedanken beiseite und kehrte zu ihren Pflichten zurück. Als sie den bewusstlosen Mann mit Fleischbrühe versorgt und ihn dazu gebracht hatte, noch mehr Wasser zu schlucken, lehnte sie sich in einem komfortablen Stuhl zurück, las ein Buch, das sie sich von der königlichen Amme geliehen hatte, und sah in regelmäßigen Abständen nach ihrem Schützling.

Sie wusste nicht warum, aber mit einem Mal fühlte sie sich gezwungen aufzusehen. Die Augen des Königs standen offen und starrten den Betthimmel an. Sie legte ihr Buch beiseite und beugte sich vor, sodass er sie sehen konnte. Sein Blick wandte sich ihr zu, aber er konnte den Kopf wegen des Gipses nicht bewegen.

„Du hast mich geküsst." Sein Flüstern war so leise, dass sie es kaum hörte.

„Ihr müsst geträumt haben", log sie mit heißen Ohren. „Kann ich etwas für Euch tun?"

„Mein Körper." Er atmete schwer. „Tut weh. Kann mich nicht bewegen."

„Der Arzt hat Euch eingegipst. Er wird ihn sicherlich entfernen, wenn Ihr Euch besser fühlt."

Der König schloss die Augen und seufzte.

„Ich bin so müde."

„Alles wird gut." Luna nahm seine Hand und streichelte sie. Seine Finger zuckten nicht einmal. Sie streckte die Hand aus und streichelte seine Wange. Ein Lächeln huschte über sein Gesicht, und er schlief wieder ein. Eine Träne hing an seinen Wimpern, und etwas zupfte zart an Lunas Herz. Der König wirkte so blass und verloren in dem großen Bett. Sie versuchte, sich nicht an die Weichheit seiner Lippen zu erinnern. Vergeblich; die Erinnerung ließ sich nicht leugnen. Für einen flüchtigen Moment erlaubte sie sich, darüber nachzudenken, wie es wohl sein würde, wenn seine Lippen ihren Kuss erwiderten. Dann schüttelte sie den Kopf. Bei vollem Verstand würde der König nie eine einfache Mechanikerin küssen. Außerdem mochte sie sowieso keine Irren. Er sah nicht einmal gut aus mit seinen mausbraunen Haaren und den eingefallenen Wangen. Die Sehnsucht nach einem Kuss stammte nur von ihren Hormonen, gemischt mit etwas Mitleid. Sie brauchte keinen König, um glücklich zu sein.

Andererseits brauchte ihn das Königreich dringend, also musste es ihm bald besser gehen.

Der König wachte nicht noch einmal auf, und sein Atem wurde mit jedem Tag unregelmäßiger. Eine Woche verging, in der sich nichts änderte. Luna wagte endlich zu hoffen, dass sich die Berater über den schriftlichen Willen des Königs hinweggesetzt hätten, immerhin war Gustavo immer noch nicht zum Herrscher ausgerufen worden. Und der König lebte wider alle Erwartungen, obwohl er schlief. Jeden Tag übernahm die königliche Amme Lunas Pflichten für einige Stunden, sodass sie schlafen konnte. Der Arzt sah zweimal täglich rein, Gustavo auch, und Mondo lief im Schloss herum und berichtete ihr, sooft er sich daran erinnerte. Er hatte den Spaß seines Lebens. Alle steckten ihm Süßigkeiten zu, solange er ihnen von seiner tapferen Schwester erzählte, die dem König praktisch eigenhändig das Leben rettete. Jedes Mal wenn er ihr sagte, wie sehr die Diener sie bewunderten, wuchs die Sorge in ihrem Herzen.

Außerdem störte sie etwas an dem Unfall, aber so viel sie auch nachdachte, sie fand keinen Anhaltspunkt. Am fünften Tag saß sie auf dem Bett neben dem König und sagte Kinderreime auf, um das Schweigen zu brechen, als der Arzt herein kam. Dieses Mal begleitete ihn einer der Berater. Luna zog sich zurück und ließ sie den König untersuchen. Nach einiger Zeit seufzte der Arzt.

„Ich glaube nicht, dass er viel länger durchhält." Er zog dem Kranken die Decke bis zum Kinn. „Wenn er heute nicht aufwacht, wird er wahrscheinlich nie wieder zu sich kommen."

„Das ist ein großes Problem", sagte der Berater. „Wenn er nicht aufwacht, müssen wir uns an sein Testament halten. Was für ein Alptraum."

„Was ist mit den Brüdern des Königs?" Der Doktor packte seine Instrumente zurück in die Tasche.

„Wir können sie nicht finden. Niemand scheint zu wissen, was mit ihnen passiert ist, nachdem sie auszogen, um sich zu amüsieren. Es kann Jahre dauern, um nur einen von ihnen zu finden." Der Berater drehte dem Bett den Rücken zu. „Ich wusste bereits, als er gekrönt wurde, dass er keinen guten König abgeben würde. Aber uns einen Herrscher aufzuzwingen wie diesen Emporkömmling Gustavo…" Er ließ den Satz unvollendet und legte eine Hand auf die Schulter des Arztes. „Halten Sie ihn am Leben, so lange sie können. Ich bestehe darauf, dass wir seinen Tod abwarten, bevor wir diesen Emporkömmling zum Herrscher ernennen können. Jede Minute, die der König überlebt, gibt uns eine weitere Chance, eine Lösung zu finden."

Lunas Gedanken erstarrten vor Sorge. Der Berater hatte recht. Wenn Gustavo Herrscher über das Königreich wurde, würden schlimme Dinge geschehen. Und es gab nichts, was sie tun konnte, um das zu verhindern. Schuld schnitt wie ein Messer durch ihr Herz. Wenn sie das Monster nur nicht repariert hätte, wäre nichts von all dem passiert.

Am Nachmittag nahm die königliche Amme ihren Platz ein. Luna versuchte zu schlafen, aber Schuld und das Gefühl, dass sie etwas übersehen hatte, hielten sie wach. Schließlich stand sie auf und beschloss, die Werkstatt des königlichen Mechanikers zu untersuchen. Vielleicht würde sie ihr Unbehagen besser verstehen können, wenn sie sich den Ort ansah, wo der Alptraum begonnen hatte. Sie bog ein paar Mal falsch ab, aber fand den Weg schließlich doch. Die Tür war abgeschlossen. Glücklicherweise war eines der Bretter des großen Tors lose. Sie musste zwar etwas zerren, ziehen und drücken, aber am Ende war die Öffnung groß genug, dass sie hindurchschlüpfen konnte.

Luna schaute sich im Halbdunkel der Halle um. Der mechanische Mann hing an seinem Platz, und auch die beiden Becher, die die Männer benutzt hatten, standen noch auf der Werkbank neben Gustavos Testament. Luna schloss die Augen. Warum, oh warum nur hatte sie den letzten Willen des Königs bezeugt? Sie hätte sich weigern müssen. Jetzt war sie mitverantwortlich für das Durcheinander, in dem das Königreich steckte. Als ob es nicht ausreichte, dass ihr Vater dauernd alles ruinierte. Sie wischte sich die Tränen aus den Augen. Es musste einen Weg geben, das Leben des Königs zu verlängern. Wieder spürte sie seine weichen Lippen auf den ihren, wenn sie ihn mit Wasser oder Fleischbrühe fütterte, und ihre Lippen prickelten. Wie wäre ihr Leben, wenn er starb? Würde sie ihn vermiss... Sie schob den Gedanken beiseite. Sicherlich würde sie jemand für seinen Tod verantwortlich machen. Schließlich war sie diejenige gewesen, die das Monster repariert hatte. Vielleicht würde sie begnadigt werden, wenn sie half, den König gesund zu pflegen. Sie musste mit dem Arzt reden. Es musste noch etwas geben, was er tun konnte. Luna wandte sich zum Gehen, als ihr Blick auf den Schädel des mechanischen Mannes und den seltsamen Apparat fiel.

Nein.

Das war genauso verrückt wie die Fahrt mit dem Monster.

Unmöglich.

Trotzdem … Was wäre, wenn die Maschine funktionierte? Ihr Mund wurde trocken, als sie an die Werkbank herantrat. Gab es ein Handbuch, wie man das Gerät verwendete? Einige Blätter Papier lagen unter dem Messingschädel. Sie hob sie auf und las. Darauf erklärte der königliche Mechaniker die Handhabung seiner Erfindung. Er beschrieb auch die Versuche, die er mit dem Gedankentauscher, wie er ihn nannte, durchgeführt hatte. Offensichtlich war es ihm gelungen, die Gedanken eines Tieres in sein künstliches Gehirn zu verschieben, welches dann den mechanischen Mann so bewegte, wie es ein Tier tun würde, wenn es sich im Körper eines Menschen wiederfände. Dann hatte er versucht, die Gedanken in den Originalkörper zurückzuführen, was aber unmöglich schien, bis er entdeckte, dass er einen erst kürzlich verstorbenen Körper brauchte. Der Tod durfte maximal fünf Minuten vor dem Tausch eingetreten sein. In der nächsten Stufe übertrug er das Bewusstsein seines Assistenten in das künstliche Gehirn und sofort wieder zurück. Der Assistent war zwar etwas benommen und war aus Schloss geflüchtet, als er sich erholt hatte, aber der Versuch schien ihn nicht beeinträchtigt zu haben. Der Artikel endete mit der Ankündigung, dass der Meister jetzt zwei verurteilte Schuldige aus den Verliesen holen würde, um zu sehen, ob er den Verstand des einen in den mechanischen Mann und von dort in den Körper des zweiten verschieben konnte.

Luna zitterte. Noch ein Irrer, aber wenigstens hatte er seinen zweiten Test nicht beendet. Nachdenklich starrte sie den golden schimmernden Schädel an. Was wäre, wenn dies die einzige Chance für den König war? Sie schob ihr Haar zurück und nahm den Schädel und den Apparat. Sie würde mit der königlichen Amme und dem Arzt reden müssen.

Eine halbe Stunde später standen die drei und der Berater neben dem Bett des Königs. Zwei Diener setzten den mechanischen Mann auf einen Stuhl neben dem Feuer, und die Verschwörer warteten schweigend, bis sie gegangen waren.

„Bist du sicher, dass es funktioniert?", fragte der Berater zum x-ten Mal.

„Das spielt keine Rolle", sagte der Doktor. „Der Puls des Königs wird laufend schwächer. Nach meiner Einschätzung wird er in zwei oder drei Stunden sterben. Wir haben nichts zu verlieren."

Sanft setzte Luna das siebartige Teil des Apparats auf den Kopf des Königs. Unzählige Kabel führten davon zu einem ähnlichen Sieb auf dem Messingschädel, der auf einem Kissen neben dem mechanischen Mann lag. Für einen Moment fragte sie sich, wie er sich wohl fühlen mochte, wenn er in einem Körper aus Metall erwachte. Das wäre bestimmt sehr merkwürdig.

Und keine weichen Lippen mehr. Sie tat den Gedanken mit einem Achselzucken ab. Es ist nur Mitleid. Mitleid und Hormone, nichts sonst, sagte sie sich und prüfte die Einstellungen auf dem elektrischen Gerät zum zweiten Mal. Dann war alles getan und doppelt und dreifach überprüft. Die anderen traten von einem Bein auf das andere, als sie nach dem Schalter griff. Was ist, wenn der Apparat den König tötet?

Sie schloss die Augen. Wenn der Versuch nicht erfolgreich wäre, würde sie die Folgen tragen, ganz egal, wie sie aussahen. Immerhin hatte die Amme versprochen, Mondo wie ihren eigenen Sohn aufzuziehen, sollte jemand darauf bestehen, Luna zu bestrafen. Ihr Zeigefinger legte den Schalter um. Das vertraute Summen von gezähmten Blitzen füllte ihre Ohren. Sie zählte bis zehn und schaltete aus. Erst dann öffnete sie die Augen, um zu sehen, ob alles gut gegangen war.

Ein paar Funken schossen aus dem Schädel. Vorsichtig zog Luna ihre Handschuhe an, hob den Schädel auf und trug ihn zum mechanischen Mann, wo sie ihn am künstlichen Rückgrat befestigte. Die Augen des Schädels flatterten, klappten auf, schlossen und öffneten sich wieder. Sie ähnelten menschlichen Augen überraschend gut, trotz der darin angebrachten Miniaturkameras.

Eine blecherne Stimme im Rücken des mechanischen Mannes verkündete: „Batteriestand ausreichend, alle Systeme gecheckt. Gehirnfunktionen werden jetzt initialisiert." Der Mund bewegte sich, und der mechanische Mann stand auf.

Ein infernalisches Jaulen füllte das Zimmer. Alle außer Luna hielten sich die Ohren zu. Sie riss sich die Handschuhe von den Fingern, schnappte sich einen Schraubenzieher aus einem Kasten und zog eine Schraube an der Kehle des mechanischen Mannes fest. Das Jaulen verklang. Ein letzter Dreh, und der Lärm wurde durch Wörter ersetzt.

„Was hast du mit mir gemacht?" Der mechanische König hob die Hände und starrte sie an.

Luna staunte über die Fertigkeiten des königlichen Mechanikers. Die Gehirnübertragungsmaschine funktionierte nicht nur, der mechanische Mann bewegte sich sogar instinktiv, indem er die Befehle seines neuen Gehirns korrekt übertrug. Und am besten war, dass die gefilterten, abgekühlten Auspuffgase der winzigen Dampfmaschine dazu benutzt wurden, um die Atmung eines Menschen zu simulieren. Der ganze Apparat war ein Wunder.

„Willkommen im Leben, Majestät." Der Berater nahm die Metallhände seines Königs und blockierte so dessen Blick auf das Bett. Luna merkte, dass er das mit Absicht getan hatte. Sie schlich zum Bett und zog die Decke über das Gesicht des Leichnams. Das war nicht mehr ihr König.

„Bitte setzt Euch, Majestät. Die Maid wird Euch in einem Moment alles erklären, aber ich muss zuerst sicherstellen, dass Ihr vollständig wiederhergestellt seid." Der Arzt schob seinen Patienten in den Stuhl zurück und begann, ihm eine Myriade Fragen zu stellen. Nachdem er das Gedächtnis des Königs geprüft hatte, rieb er seine Hände. „Dies hat viel besser geklappt, als ich gedacht hätte. Herzlichen Glückwunsch, Majestät. Ich bestätige, dass Ihr so weit seid, zu Euren Pflichten zurückzukehren." Er winkte Luna näher. „Diese junge Dame hier hat Euch nicht nur nach dem Unfall das Leben gerettet, es war auch ihre Idee, den Apparat des königlichen Mechanikers zu benutzen. Sie kann Euch alles darüber erklären."

Bevor der König den Mund öffnen konnte, um etwas zu sagen, trat der Berater vor und verbeugte sich.

„Wenn Majestät erlauben, werde ich mich zurückziehen und dem Hof über Euren erfreulichen Gesundheitszustand berichten. Sie werden erfreut sein, Euch so bald zurückzubekommen." Er verbeugte sich und verließ das Zimmer. Der Arzt, die königliche Amme und Luna blieben zurück.

„Würde mir bitte jemand erklären, was du getan hast?" Das Metallgesicht des Königs war völlig ausdruckslos, aber seine Verwirrung war offensichtlich genug. Luna erzählte ihm alles, was seit dem Augenblick seines Unfalls geschehen war. Nur die Sache mit dem Küssen ließ sie aus. Sie war gerade fertig, als die Tür mit Schwung aufgerissen wurde und Gustavo hereinstürmte.

„Ist es wahr? Er hat sich erholt?"

„Sozusagen." Der mechanische König drehte sich um und breitete die Arme aus. Wäre die Oberfläche seines Körpers nicht aus Metall gewesen, hätte er wie ein echter Mensch ausgesehen. „Guck, was sie mit mir gemacht haben."

Gustavo fiel der Unterkiefer herab, und zum allerersten Mal sah Luna ihn um Worte ringen.

„Ich werde auf alle Fälle eine Weile brauchen, um mich daran zu gewöhnen", sagte der König. „Amme, könntest du etwas zum Anziehen für mich heraussuchen, bitte? Und denke bitte an ein Paar Handschuhe."

„Jederzeit, Liebling." Die königliche Amme küsste ihn auf die Wange und huschte davon.

„Wie willst du das verstecken?" Gustavo hatte seine Stimme wiedergefunden und zeigte auf das goldene Gesicht des Königs.

„Ich werde meinen Schleier von jetzt an immer tragen", sagte der König. „Abgesehen von meinen engsten Beratern, meinem Leibdiener und meiner Amme weiß doch eh niemand, wie ich wirklich aussehe. Sie werden den Unterschied überhaupt nicht bemerken."

Bald war der Metallkönig in königliche Farben gekleidet und hatte den Schleier über seinen Kopf drapiert. Luna fand, dass er etwas größer war als vorher, aber es war kaum zu bemerken.

Gustavo schüttelte den Kopf.

„Ich weiß nicht, ob wir damit durchkommen. Wenn jemand herausfindet, dass du ein mechanischer Mensch bist, werden sie anfangen, deinen rechtmäßigen Erben zu suchen. Sie werden niemals glauben, dass du der echte König bist."

„Noch ein Grund, es niemandem zu verraten, nicht wahr?" Der König wandte sich an Luna. „Wenigstens, lebe ich noch. Gut gemacht." Er tätschelte ihre Schulter, was sich anfühlte, als ob sie mit einer Keule geschlagen würde. Luna stöhnte.

„Oh, Entschuldigung. Habe ich dir wehgetan?" Er schien ehrlich besorgt, also schüttelte Luna den Kopf. Sie würde es überleben, und sie wollte nicht, dass der König nett zu ihr war. Das war besser für alle.

„Also gut. Mir scheint, ich bin bereit für die große Show." Der König nahm Gustavos Arm und sah zu Luna zurück. „Du kommst besser mit. Ich bin mir sicher, dass in den nächsten Tagen einiges eingestellt werden muss."

Der Hof war hocherfreut, seinen Herrscher zurückzuhaben. Luna konnte die Erleichterung in den Gesichtern sehen. Der Nachmittag zog sich dahin. Sie wünschte sich mehrfach, dass sie gehen könnte, aber sie beobachtete pflichtbewusst jede ruckartige Bewegung und jedes Zittern, das sie später würde einstellen müssen. Ein- oder zweimal sah sie, wie Mondo sich durch die Menge von Zuschauern zwängte und ihr von hier und dort zuwinkte. Sie lächelte. Es war wunderbar, ihn so glücklich zu sehen. Und er hatte in den letzten Tagen zugenommen. Die königliche Amme hatte ihn ziemlich gut gefüttert. Es stand ihm.

Jemand kniff in ihren Po. Sie schoss herum, zwang sich aber dazu, ihre Hand nicht in Gustavos Gesicht klatschen zu lassen.

„Fass mich noch einmal an, und ich sage es dem König", zischte sie.

Er beugte sich vor, bis sein Mund so nahe an ihrem Ohr war, dass sie seinen Atem auf der Haut spürte, wenn er sprach.

„Das tut mir leid. Ich hatte nie vor, Euch durcheinanderzubringen, schöne Dame."

Die Wärme seines Atems verbreitete sich in ihrem Körper wie ein Lauffeuer. Du meine Güte, warum muss er so attraktiv sein? Sie presste die Lippen zusammen und schimpfte mit sich. Der Mann hatte vor dem Unfall kein einziges freundliches Wort für sie gehabt. Sein plötzliches Interesse lag bestimmt nicht daran, dass er sich verliebt hatte. Es musste einen anderen Grund geben.

„Würdet Ihr bitte in Erwägung ziehen, Euer Abendessen bei mir einzunehmen?" Seine Hand, die an ihrem unteren Rücken lag, schien ein Loch in den Stoff ihres Kleides zu brennen. Luna schluckte. Wider besseres Wissen nickte sie. Warum hatte sie das getan? Gustavo sah für ihren Geschmack viel zu gut aus, und sein Charakter war zweifelhaft. Zweifellos wollte er sie verführen. Andererseits war er um den König sehr besorgt gewesen, als sie mit dem Monster losgezogen waren, was zeigte, dass er ein Herz hatte. Vielleicht konnte sie es erweichen. Nein, das war nur ein Tagtraum. Trotzdem, heute Abend würde sie Spaß haben. Sie wurde nicht oft zum Abendessen eingeladen, und noch nie von jemandem, der so gut aussah.

Als die Audienz endlich vorüber war, täuschte der König Erschöpfung vor und ließ seine Höflinge zurück. Gustavo und Luna folgten ihm in sein Zimmer, wo er sich mit den Armen auf der Rückenlehne auf einen Stuhl setzte.

„Ich fühle mich seltsam", sagte er. „Als ob ich zu lange getanzt hätte."

„Es war ein langer Tag, und du warst noch vor Kurzem krank." Gustavo legt eine Hand auf seine Schulter. „Du musst dich ausruhen."

Luna sagte nichts. Sie zog ihre Werkzeugrolle aus einer versteckten Tasche in ihrem voluminösen Rock, wählte einen feinen Schraubendreher und begann, Schrauben festzuziehen.

„Bitte aufladen", sagte die mechanische Stimme im Rücken des königlichen Körpers. „Bitte in der nächsten halben Stunde aufladen, oder dieser Körper wird ausgeschaltet."

Oh Scheiße. Wie soll ich das machen? Wild blätterte Luna durch die Papiere des königlichen Mechanikers, um zu sehen, ob sie die Anweisungen zum Aufladen übersehen hatte. Nichts. Nur eine kurze und ziemlich verschmierte Notiz am Rand der letzten Seite: Energiefluss prüfen – blaues Kabinett. Es gab kein blaues Kabinett in der Werkstatt, da war sich Luna sicher. Sie wandte sich zu Gustavo um.

„Wo lebte der königliche Mechaniker?"

„Er hatte eine Mansarde gleich über meinen Räumen."

„Können Sie mir die zeigen?"

„Neunundzwanzig Minuten. Countdown läuft", sagte die mechanische Stimme.

„Sicher. Komm mit." Gustavo führte und Luna lief ihm nach. Er musste begriffen haben, wie wenig Zeit sie hatten, denn er beeilte sich. Sie hatte Schwierigkeiten, Schritt zu halten. Nach einer kleinen Ewigkeit, die kaum mehr als ein paar Minuten gedauert haben konnte, erreichten sie einen Flur, der dem ähnelte, der zu ihrem Zimmer führte. Der königliche Mechaniker hatte zwei Zimmer bewohnt, beide etwas größer als ihre. Jede verfügbare Oberfläche war mit Papieren bedeckt, sodass Luna wieder ein paar Minuten brauchte, das blaue Kabinett zu finden. Glücklicherweise war es nicht abgeschlossen. Sie öffnete es. Zu ihrer großen Erleichterung stand eine Maschine in der Größe eines Pompadours darin. Sie war mit Staub bedeckt, und es gab kein Handbuch. Nun, sie würde schon herausfinden, wie sie funktionierte. Darin war sie immerhin gut. Als sie den glatten Ball herausnahm, stöhnte sie wegen seines Gewichts. In den Strahlen der späten Nachmittagssonne glitzerte ein Saphir von der Größe ihrer Faust in der Mitte der Halterung, die aus Silber, Gold und Messing gefertigt war, mit einigen dunklen Eisenfäden dazwischen. Das war höchste Kunstfertigkeit, aber zu schwer für sie zu tragen.

„Gib her." Gustavo nahm es ihr aus den Händen und zuckte zusammen. „Uh, ich hatte keine Ahnung, dass es so schwer sein würde."

„Ist es zu schwer?"

„Nichts ist zu schwer, wenn es hilft, meinen Freund zu retten", sagte er und schwankte davon. Luna folgte ihm und schwebte an seiner Seite wie eine besorgte Mutterhenne.

Sie erreichten den König, als die mechanische Stimme verkündete: „Vierzehn Minuten. Countdown läuft."

Schnaufend setzte Gustavo die schwere Kugel auf ein Kissen, das Luna auf den Tisch gelegt hatte. Sie beugte sich darüber und prüfte sie gründlich. Soweit sie erkennen konnte, war der Saphir das zentrale Element. Er schien etwas zu sammeln und durch eine Reihe von Filtern und Konvertern in die Seiten der Kugel zu leiten. Es gab nur eine Sache, die mit einem Edelstein gesammelt und konzentriert werden konnte: Sonnenlicht – und es war nicht mehr viel übrig.

„Neun Minuten. Countdown läuft."

Mit Gustavos Hilfe trug sie den Tisch mit der Kugel zum großen Fenster. Der König folgte ihnen. Als Sonnenlicht auf den Saphir fiel, begann die ganze Kugel zu leuchten. Zuerst war es ein schwacher Schimmer, aber es wurde mit jedem Moment heller.

„Drei Minuten. Countdown läuft."

„Es ist magisch." Die schimmernden Augenbrauen des Königs bewegten sich nach oben, die einzige Bewegung, abgesehen vom Öffnen und Schließen des Mundes, zu der sein Gesicht fähig war.

„Das ist es." Luna nahm seine Hände und prüfte sie gründlich. Wie sie vermutet hatte, waren feine Linien aus dunklem Eisen in die Handflächen eingebettet. „Legt Eure Hände bitte auf die Kugel."

Der König zögerte.

„Eine Minute, neunundfünfzig Sekunden, achtundfünfzig Sekunden, siebenundfünfzig…"

Nachdem er eine scheinbar endlose Zeit in ihr Gesicht gestarrt hatte, drehte er sich zu der Kugel um.

„Zweiundzwanzig Sekunden, einundzwanzig…"

Er ergriff den leuchtenden Ball mit beiden Händen, und seine Augen verdrehten sich nach innen und zeigten die silberne Rückseite.

„Ladevorgang eingeleitet." Die metallische Stimme wurde durch ein klickendes Geräusch ersetzt.

Luna kaute auf ihrer Unterlippe, während sie zusah, wie die Sonne hinter dem Horizont versank. Das Licht der Kugel verblasste, bis nichts von dem magischen Leuchten übrig war.

„Aufladung nicht erfolgreich", verkündete die mechanische Stimme. „Ladestand ausreichend für zehn Stunden, einundzwanzig Minuten und dreiundvierzig Sekunden. Ladevorgang bitte schnellstmöglich fortsetzen."

Lunas Knie gaben nach, und sie sank auf den Stuhl, den der König vor Kurzem verlassen hatte. Geschafft. Zehn Stunden würden bis zum nächsten Mittag reichen. Das reichte, um die Nacht zu überstehen. Sie mussten nur auf den Morgen warten, um den Körper des Königs vollständig aufzuladen.

„Für einen weiteren Tag gerettet", sagte der König und drehte sich zu ihr um. „Du scheinst unverzichtbar für mich zu werden."

„Ich stehe immer zu Eurer Verfügung." Lunas Stimme zitterte stärker, als ihr lieb war. Sie war nicht sicher, ob er seine Bemerkung als Kompliment oder Warnung meinte. Sicherheitshalber knickste sie.

Gustavo klopfte dem König auf den Rücken.

„Zumindest lebst du heute Abend wieder. Gegenüber letzter Nacht ist das eine ziemliche Verbesserung."

„Ich möchte jetzt allein sein." Der König drehte sich zum Fenster um, womit sie entlassen waren. Erleichtert verließ Luna das Zimmer, und Gustavo folgte ihr. Bevor er in den rechten Flur abbog, zwinkerte er ihr zu.

„Vergiss unser kleines Tête-à-tête heute Abend nicht."

Luna nickte automatisch und wünschte sich, sie hätte nicht zugesagt. Auf dem Weg zu ihrem Zimmer rannte Mondo hinter ihr her.

„Rate, was sie gemacht haben", schrie er, als er sie erkannte. „Sie haben die Überreste der Maschine zurückgebracht, die den König fast umgebracht hätte. Die Polizei prüft jetzt, ob es keine Sabo… was-auch-immer war."

„Sabotage. Und bei der Geschwindigkeit, mit der der König unterwegs war, gab es keinen Grund für Sabotage." Sie zerstrubbelte seine Haare. „Ich bin zum Abendessen eingeladen worden. Ist das für dich in Ordnung?"

„Klar. Kann ich heute die Nacht bei der Amme bleiben? Sie hat versprochen, mir ein Märchen vorzulesen."

„Meinetwegen." Luna lächelte – das erste echte Lächeln seit einer ganzen Weile. Sie sah ihm nach, als er die Stufen wieder hinunter sauste. Mit einem Seufzer stieg sie ganz zu ihrem Raum hinauf, legte sich für einen Moment aufs Bett und überlegte, wie wahrscheinlich Sabotage wohl sein würde. Sie hatte alles doppelt überprüft und nichts Verdächtiges entdeckt. Es konnte keine Sabotage gewesen sein. Außerdem war Gustavo der Einzige, der vom Tod des Königs profitierte, und das auch nur wegen eines plötzlichen Einfalls. Nein, die Maschine war so sicher gewesen, wie ein Prototyp dieser Art eben sein konnte. An der hohen Geschwindigkeit war der König selbst schuld gewesen.

Als die Turmuhr der Schlosskirche acht Uhr schlug, stand sie auf, um sich umzuziehen. In den letzten Tagen hatte ihr die königliche Amme sieben wunderschöne Kleider gegeben, die ihrer Tochter zu eng geworden waren. Sie passten Luna perfekt. Sie wählte ein dunkelblaues, das zu ihren Augen passte. Ihr langer, honigblonder Zopf stand in nettem Kontrast dazu. Außerdem betonten blau und gelb die Tatsache, dass sie jetzt Teil des königlichen Haushalts war.

Sie empfand es als Herausforderung, die zahllosen Haken und Ösen des Kleides ohne Hilfe zu schließen. Als sie endlich fertig war, fühlte sie sich deplaziert. Das Mieder presste ihre Brüste nach oben, sodass sie wie Äpfel in einem Korb aussahen. Die Uhr zeigte bereits die halbe Stunde, also beeilte sich Luna. Es wäre unhöflich, den besten Freund des Königs warten zu lassen. Der Rock war so weit, dass er den größten Teil ihres Zimmers ausfüllte. Sie hatte Schwierigkeiten, sich umzudrehen und die Tür zu öffnen. Schließlich drückte sie gegen die Krinolinen an der Vorderseite, um den Türgriff zu erreichen. Dabei hob sich die Rückseite des Rocks höher, als anständig war. Glücklicherweise war außer ihr niemand im Zimmer. Sie hätte gerne etwas Vernünftigeres angezogen. Bisher hatte sie praktische Kleider ohne Schnickschnack getragen und, unnötig das zu betonen, die es ihr erlaubten, Türen ohne Hilfe zu öffnen.

Sie fand den Weg zu Gustavos Suite ohne Probleme. Sie lag gleich um die Ecke der königlichen Räume. Unglaublich dankbar für den Lakaien, der die Tür für sie öffnete, trat sie ein. Gustavo zog hörbar den Atem ein und pfiff leise, bevor er ihr zur Begrüßung die Hand küsste. Luna wurde rot und wünschte, sie hätte ein Kleid mit einem weniger tiefen Ausschnitt gewählt.

Er führte sie zu einem Tisch, der mit Silber und zahlreichen Kerzen gedeckt war. Die Speisen verschwanden beinahe unter

Bergen von Rosenköpfen. Obwohl ihr ein Stuhl angeboten wurde, lehnte Luna ab. In ihre Krinoline war ein Klapphocker eingebaut. Genial. Mit ihrem Rock war es nahezu unmöglich, auf den Stühlen mit den hohen Rückenlehnen in Gustavos Esszimmer zu sitzen.

„Ich bin ehrlich froh, dass du zur Abwechslung mal etwas Hübsches trägst." Er reichte ihr eine Platte mit gezuckerten Rosenblütenblättern und ein Glas dunklen Rotwein, bevor er sich selbst setzte. „Ich wusste, dass du hässliches Entlein zum Schwan werden konntest."

Obwohl er wahrscheinlich vorgehabt hatte, ihr ein Kompliment zu machen, enthielten seine Worte einen abfälligen Unterton. Außerdem gefiel es Luna nicht, dass er ungefragt zum vertraulichen Du übergegangen war. Ihr wurde das Herz schwer, und sie wünschte sich immer mehr, fliehen zu können. Bevor sie aufstehen konnte, sagte Gustavo etwas, das ihr den Boden unter den Füßen wegzog und sie heiß durchströmte.

„Es war eine ziemliche Überraschung, als du meine Einladung angenommen hast. Ich konnte mein Glück kaum fassen."

„Sie mögen mich?"

„Du bist wunderschön." Er lächelte. Luna war sich nicht sicher, wie echt es war, obwohl sie zugeben musste, dass ihm das Lächeln stand. „Viel zu schön, um dich zu ignorieren. Sogar der König hat das bemerkt, und er missachtet schöne Frauen normalerweise. Er glaubt, dass sie sich nur für ihn interessieren, weil er König ist."

Er versucht, mich dazu zu bringen, mich zu entspannen, erkannte Luna, und ihr Herz pochte heftig. Interessiert er sich wirklich für mich? Für ein Mädchen, das alle anderen verachtet haben? Da kann etwas nicht stimmen. Es war besser, ihm nicht zu vertrauen, bis er seinen Wert bewiesen hatte.

„Ich hungere … aber nicht nach Essen." Seine Augen funkelten vor Vergnügen, als er in die Hände klatschte. Eine Flut von Dienern quoll aus der schmalen Tür in einer Zimmerecke und wuselte um das Paar herum. Dem Tisch wurde eine spezielle Verlängerung hinzugefügt, damit Luna ihren Teller erreichen konnte, ohne sich das Kleid zu bekleckern. Nicht dass ihr danach gewesen wäre, etwas zu essen. Ihre Gefühle waren zu sehr in Aufruhr. Sie gab sich Mühe stillzusitzen. Ein Diener stellte eine Schüssel mit Suppe vor sie hin. Sie aß spärlich. Ihr Magen vertrug im Moment nicht viel. Auch mit dem Wein war sie vorsichtig. Dafür hatte sie schon zu viele Betrunkene gesehen, und ihr Vater war einer der Schlimmsten gewesen. Sie wollte Gustavo nicht den kleinsten Vorteil geben.

Das Abendessen zog sich dahin. Gustavo aß mit gutem Appetit und machte Konversation, als wäre alles in Ordnung. Luna gab ihr Bestes, um fröhlich zu wirken, war aber voll Argwohn. Sie befürchtete, dass er es bemerken würde, weil sie das Essen kaum berührte. Schließlich war das Essen vorüber und die Tischerweiterung entfernt. Gustavo reichte ihr eine Hand.

„Wollen wir einen Spaziergang durch den Garten machen?"

Luna nickte, legte ihre Fingerspitzen auf seinen Handrücken und fühlte sich lächerlich bei dieser Geste. Wir sehen wahrscheinlich wie die feinen Pinkel aus, die manchmal wie Pfauen durch den Park flanieren. Sie versuchte, sich zu entspannen, und ließ sich von ihm führen. Sie verließen das Zimmer durch die Balkontür und gingen einen langen Gartenweg hinunter. Die Luft war warm auf Lunas bloßer Haut und wisperte vom kommenden Sommer, und der Duft der Blüten füllte ihre Nase wie ein teures Parfüm. Hoch oben hing der Mond am Himmel wie eine große Laterne und beleuchtete die sauber gestutzten Hecken und die weißen Kiesel der Wege.

Sie unterhielten sich rege über belanglose Themen, während Gustavo sie einen mäandernden Weg mit zahlreichen Abzweigungen entlang führte, der sie offensichtlich verwirren sollte. Luna unterdrückte ein Lächeln. Jemand, der wie sie im Wirrwarr der Gassen der ärmeren Stadtviertel aufgewachsen war, würde den Weg ohne Schwierigkeiten wiederfinden. Selbst, wenn er sie hier allein zurücklassen würde, wäre sie in der Lage, in ihr Zimmer zurückzukehren.

Als sie sich einem kleinen, weißen Pavillon näherten, schrie Gustavo plötzlich vor Schmerz auf. Schlagartig hing sein ganzes Gewicht an Lunas Arm. Er fluchte und benutzte dabei Wörter, die Luna das Blut in die Wangen trieb, obwohl sie Ähnliches bereits gehört hatte. Sie hatte bloß nicht erwartet, dass Edelmänner diese Ausdrücke kennen würden.

„Ich habe mir den Knöchel verstaucht." Gustavo zeigte auf den Pavillon. „Würde es dir etwas ausmachen, mir dorthinein zu helfen, damit ich mich auf eine der Bänke setzen kann?"

Wortlos legte sich Luna seinen Arm um die Schultern. Mit ihrer Unterstützung humpelte er nach drinnen, sackte auf eine Bank und zog sie mit sich. Bevor sie sich hinknien konnte, um nach dem Knöchel zu sehen, verschlossen seine Lippen die ihren. Feuer raste ihre Wirbelsäule hinab. Das war ein Kuss, wie sie ihn sich vorgestellt hatte. Er schob seine Hand in ihre Haare, zog sie noch näher und untersuchte ihren Mund mit seiner Zunge. Er schmeckte immer noch nach gezuckerten Rosenblütenblättern. Luna fiel es schwer zu atmen. Für eine Weile verschwamm die Welt und bestand nur noch aus erregenden Explosionen, als Gustavo die Haut von ihrem Mundwinkel bis zu einer weichen Stelle an ihrer Schulter hinab mit Küssen bedeckte.

Seine Arme umschlossen sie so fest, dass sie sich kaum bewegen konnte. Er drückte sie nach hinten, bis er halb auf ihr lag. Sie konnte seine Erregung durch die Stoffschichten spüren, die sie trennten. Das brachte sie wieder zu Sinnen. Küssen war eine Sache, aber das ging zu weit. Zu mehr war sie nicht bereit. Ein kalter Luftzug strich über ihre Beine und machte sie darauf aufmerksam, dass sich ihr Rock wieder unanständig weit gehoben hatte. Sie versuchte den Mund frei zu kriegen, um zu protestieren, aber Gustavo hielt sie zu fest. Mit einer Hand begann er, ihr Mieder aufzuschnüren.

„Wir beide werden viel Spaß zusammen haben." Sein Lächeln erinnerte Luna an eine Katze, die sie einmal mit einer Maus hatte spielen sehen.

„Das kommt auf deine Definition von Spaß an." Mit aller Macht kämpfte sie darum, frei zu kommen.

Er setzte sich mit einem Stirnrunzeln auf.

„Stimmt was nicht? Ich dachte, dir gefällt das."

„Tut es auch, aber ich bin noch nicht bereit, weiter zu gehen."

„Sag nicht, dass du das noch nie zuvor getan hast. Ich wette, dein versoffener Vater hat dich ab dem Moment zum Anschaffen geschickt, als deine Titten auftauchten."

„Das hätte er nie…" Luna konnte keinen klaren Gedanken fassen. „Ich dachte, du…"

„Ach komm. Dachtest du wirklich, ich wäre an mehr als an deinem Körper interessiert? Das kann nicht dein Ernst sein. Ich würde nie eine Mechanikerin ohne einen Groschen Mitgift in Erwägung ziehen."

Luna fehlten die Worte. Sie starrte ihn mit offenem Mund an.

„Jetzt mach den Mund zu und zieh dich aus." Seine Augen glitzerten gefährlich. „Und um jeden Protest von vornherein zu ersticken, ich habe deinen Bruder auf frischer Tat erwischt, wie er eine Halskette der verstorbenen Mutter des Königs stehlen wollte."

Ein Eisklumpen wuchs in Lunas Magen, und der Teil ihres Verstands, der nicht darum kämpfte, mit den Ereignissen Schritt zu halten, staunte darüber, wie schnell sich ihre Gefühle von Glück in Hass verwandelt hatten. „Ich glaube dir nicht. Mondo würde nie stehlen. Was hast du mit ihm getan?"

„Vorerst ist er in meiner Obhut, aber wenn du nicht tust, was ich will, übergebe ich ihn Vincente." Seine Finger streichelten ihren Hals. „Wie ich schon sagte. Du bist zu schön, um ignoriert zu werden. Und ich bekomme immer, was ich will."

„Wo ist mein Bruder?"

„Nicht im Verlies. Noch nicht!" Er wollte sie wieder in die Arme schließen, aber sie wich seinem Griff aus und stand auf. Ich muss ruhig bleiben. Wenn mir das gelingt, kann ich meinen Bruder retten. Sie machte einen Schritt rückwärts.

„Du verstehst natürlich, dass ich Beweise für deine Behauptungen brauche", sagte sie und trat weiter zurück. Der offene Bogen des Pavillons war nur wenige Schritte entfernt, und mit seiner Verletzung würde Gustavo ihr nicht schnell genug folgen können, wenn sie flüchtete – vorausgesetzt, er hatte den verstauchten Knöchel nicht vorgetäuscht.

„Sei meine Geliebte, und du bekommst deinen Bruder zurück." Das Lächeln auf seinem Gesicht erreichte nicht seine Augen.

„Ich habe nicht vor, das Bett mit einem Mann zu teilen, der nicht Manns genug ist, mich zu verführen, anstatt mich zu erpressen. Ich werde diesen Fall vom König untersuchen lassen." Sie stand, so gerade sie konnte, und starrte ihn an.

„Wir werden ja sehen." Er fuhr mit der Hand durch seine Haare und seufzte. „Ich gebe dir drei Tage zum Nachdenken. Jetzt geh!"

Das musste er nicht zweimal sagen. Luna nahm Reißaus und rannte zurück in Richtung Schloss. Wenn sie sich beeilte, konnte sie vielleicht seine Gemächer durchsuchen, bevor er zurückkam. Fudump, fudump. Ihr Herz hämmerte laut und erinnerte sie daran, wie wenig Zeit sie hatte. Trotz des Aufruhrs in ihrem Herzen erinnerte sie sich an jede Biegung und jede Abzweigung des Weges. Bald stürmte sie durch die Balkontüren in Gustavos Esszimmer. Panisch öffnete sie jede Tür, die sie finden konnte. Sie entdeckte einen mit weißen Fliesen ausgekleideten Abort und ein winziges Zimmer, wahrscheinlich für Gustavos Kammerdiener, sowie eine enge Treppe, die zu den Küchen führte, wenn sie ihrer Nase Glauben schenkte. Die Tür auf der anderen Seite des Zimmers führte in ein Schlafzimmer, so groß und luxuriös wie das des Königs. Teure Anzüge, vergoldete Waffen und stilvolle Schuhe füllten einen begehbaren Kleiderschrank, aber es gab nicht die kleinste Spur von Mondo.

Als sie Gustavos Schritte draußen vor der Terrassentür hörte, huschte Luna aus seinem Quartier und rannte davon. Sie erreichte ihr Zimmer in Rekordzeit, wo sie ihr heißes Gesicht mit einem nassen Tuch kühlte, während sie sich ihr Gehirn zermarterte, wo Mondo geblieben sein könnte. Ihr fiel nichts ein. Bevor sie es verhindern konnte, weinte sie, und der Kloß in ihrer Kehle löste sich in Tränen auf. Sie umarmte das Kissen und heulte sich in den Schlaf.

Am nächsten Morgen holte sie ein Diener zum König, kaum dass die Sonne aufgegangen war. Automatisch wischte sie die Spuren der Tränen aus ihrem Gesicht, zog ein vernünftigeres Kleid an und folgte dem Diener. Die ganze Zeit fuhr sie fort, über Mondo nachzudenken. Als sie im Thronsaal ankam, sah sie überrascht, dass der größte Teil des Hofs so früh anwesend war. Diener reichten Schnittchen und Gläser mit Apfelsaft herum. Sie knickste hastig, aber ihr Herz war nicht bei der Sache. Es gab Wichtigeres zu tun, als ein paar Schrauben festzuziehen. Als sie den gähnenden Gustavo entdeckte, schreckte sie zurück, aber er verbeugte sich nur mit einem spöttischen Lächeln. Errötend huschte sie hinter ein paar Männer von niederem Adel, als der König seine Untertanen begrüßte. Aus den Augenwinkeln bemerkte sie, dass er wieder seinen Schleier trug.

„Gestern Abend erhielt ich die schlimmste aller Nachrichten. Mein jüngster Bruder, Macario, wurde tot im Wald unseres Nachbarkönigreichs entdeckt. Es heißt, er sei furchtbar entstellt. Wir werden ihn bestatten, sobald sein Körper heimgekehrt ist. Ich erwarte vollständiges Erscheinen."

Ein Murmeln ging durch die Menge und legte sich nur widerwillig, als der König weitersprach. „Da der Verbleib von Christiano noch immer ein Rätsel ist, müssen wir vom Schlimmsten ausgehen. Gustavo, tritt bitte vor." Er winkte seinem Freund.

Lunas Hals verengte sich, und sie wollte ihm zurufen, was für eine Person Gustavo war, aber sie brachte kein Wort heraus, was wahrscheinlich auch besser war. Erstens würde ihr der König sowieso nicht glauben. Die Freundschaft war zu eng. Und außerdem gab es keine Garantie, dass der König nicht dasselbe versucht hätte, wenn er nicht in einem Metallkörper gefangen wäre. Außerdem war sie diejenige gewesen, deren Ausschnitt mehr zeigte als versteckte. Gustavos Diener würden das bestimmt bezeugen, wenn man sie fragte. Dann sähe sie wie ein Mädchen aus, das über ihrem Stand heiraten wollte. Sie presste die Lippen aufeinander und sah zu, wie sich Gustavo vor seinem Freund verbeugte.

Der König zog ihn zu sich auf das Podium und drehte ihn zum wartenden Hof um.

„Seit er vor fünf Jahren an diesen Hof kam … Donnerwetter, ist das wirklich schon so lange her? Seitdem ist Gustavo mein bester Freund. Er raste zum Schloss, um Hilfe zu holen. Ohne ihn hätte ich nicht überlebt, dessen bin ich mir sicher. Natürlich werde ich von jetzt an sehr viel vorsichtiger sein." Die Stimme des Königs klang vergnügt. „Da er mir näher ist als meine eigenen Brüder, ernenne ich ihn hiermit zum Statthalter des Königreichs. Wenn mir wider Erwarten etwas geschehen sollte und ich das Königreich ohne einen Erben hinterlassen müsste, würde er die Verantwortung übernehmen, bis der nächste rechtmäßige Erbe im Stammbaum der königlichen Familie ausfindig gemacht wäre."

Das rief erneutes Gemurmel hervor. Luna war sich sicher, dass sie auch ein paar Seufzer gehört hatte. Das konnte sie durchaus verstehen. Gustavo würde keinen guten Ersatzkönig abgeben. Zum Glück war es ziemlich unwahrscheinlich, dass er je auf dem Thron sitzen würde. Mit seinem Metallkörper würde der König wahrscheinlich viel länger als alle anderen leben.

„Hey, er hat dich gerufen." Jemand stieß sie an und schob sie nach vorn. Leicht verwirrt trat Luna zum Thron vor. Zu ihrer großen Überraschung kam der König vom Podium herunter und legte eine Hand auf ihre Schulter.

„Dank deiner Fürsorge lebe ich noch", begann er. „Deshalb habe ich beschlossen, dich zur königlichen Mechanikerin zu ernennen, bis der alte Mechaniker wieder auftaucht. Nach seiner Rückkehr kannst du sein Lehrling werden, wenn du willst."

Luna lächelte schwach. Vor einem Tag hätte sie dieses Angebot vor Freude tanzen lassen. Doch im Augenblick gab es nur eins, das sie wirklich interessierte. Allerdings konnte sie ihn nicht vor all den Leuten darum bitten, ihren Bruder zu suchen. Sie knickste noch einmal und versuchte, ihre Traurigkeit zu verbergen. Als sie zu ihrem Platz zurückging, war sie überrascht, wie viele der Höflinge sie anlächelten. Für einen Moment fragte sie sich, warum sie plötzlich so beliebt war. Dann wurde ihr klar, dass die meisten Höflinge nur dem König näher kommen wollten – und jetzt war sie ein Mittel, das zu erreichen. Sie seufzte. Warum war es so schwer, zum königlichen Haushalt zu gehören? Neid, Misstrauen und Intrigen überall. Nun, sie würde sich, so gut es ging, von falschen Freundschaften fernhalten.

Darauf zu warten, dass die Audienz endlich endete, war das Schwerste, was Luna je getan hatte. Ihr ganzer Körper schrie danach, schnell nach ihrem Bruder zu suchen, aber vorzeitig zu gehen, wäre ein Affront gegen den König gewesen. Sie war sich sicher, dass sie trotz ihrer neuen Position schwer bestraft werden würde, was die Rettung ihres Bruders gefährden würde. Leider wurde langsam die Zeit knapp, und sie fühlte sich, als stünde sie auf glühenden Kohlen. Um sich abzulenken, konzentrierte sie sich auf Verurteilungen des Königs. Zu ihrer Überraschung war er ausgesprochen gerecht.

Eine alte Frau klagte ihre gleichaltrige Nachbarin an, ihre Katze getötet zu haben.

„Sie warf sie aus dem Fenster, direkt vor einen Wagen. Millie wurde überfahren und starb sofort. Ich fordere Gerechtigkeit.”

„Ich habe es nicht mit Absicht getan”, sagte die Angeklagte und presste zwei Kätzchen gegen die Brust. „Ich fand diese Kätzchen und dachte, sie wären ohne Mutter. Also wollte ich sie hochheben, um sie zu füttern. Aber dann griff mich diese verrückte Katze an. Ich habe mich nur verteidigt.”

„Mörderin”, schrie die erste Frau. Die zweite Frau ließ den Kopf hängen und streichelte die Kätzchen. „Unmensch. Katzenhasserin.”

Das Urteil des Königs schnitt die Beleidigungen ab.

„Es ist völlig normal, dass eine Katze ihre Jungen beschützt”, sagte er zur ersten Frau. „Das daraus entstandene Chaos war ein Unfall. Es ist ziemlich deutlich zu sehen, dass Eure Nachbarin wegen des Todes der Katzenmutter sehr bedrückt ist. Wählen Sie eines der Kleinen als neues Haustier.” Er wandte sich der zweiten Frau zu. „Sie behalten das andere Kätzchen und kümmern sich darum, so gut Sie können.”

„Aber ich habe noch nie eine Katze aufgezogen.” Die zweite Frau wirkte panisch.

„In dem Fall wird Ihnen Ihre Nachbarin alles beibringen, was Sie wissen müssen.” Der König entließ die Frauen mit einer Handbewegung. Mit je einem Kätzchen im Arm, gingen sie zum Portal zurück und warfen einander verstohlene Blicke zu.

Luna war beeindruckt. Er hatte nicht nur ein gerechtes Urteil gefunden. Dadurch, dass er beide Frauen dazu zwang, zum Wohle der Kätzchen zusammenzuarbeiten, gab er ihnen die Chance, Freunde zu werden. An ihm ist mehr dran, als man auf den ersten Blick sieht, dachte Luna. Ich sollte ihn bitten, Gustavo zu befehlen, mir meinen Bruder zurückzugeben. Sie verfolgte die nächsten Fälle mit großem Interesse. Der König fand immer eine Lösung, die ein Körnchen Hoffnung für beide Seiten enthielt. Die einzige Ausnahme war der Fall eines Mannes, der seine Ehefrau und seine Kinder ermordet hatte.

Schließlich war die Audienz vorüber, und Luna eilte zu den Privaträumen des Königs. Die Wache an der Tür hielt sie auf, bis der König kam. Zu Lunas großer Erleichterung war Gustavo nirgends in Sicht. Sie folgte dem König in seine Suite und knickste. Da es nicht ratsam war, seinen besten Freund ohne Vorwarnung zu beschuldigen, fragte sie: „Habt Ihr meinen Bruder gesehen, Majestät?"

„Seit einer ganzen Zeit nicht mehr. Ist er fortgelaufen?" Er ging zur Ladekugel, ohne Luna anzusehen.

„Nein, mein Herr. Gustavo behauptet, er hätte Mondo in Arrest genommen, weil er etwas gestohlen haben soll. Aber Mondo ist ein guter Junge. Er würde nichts anfassen, was ihm nicht gehört." Luna überlegte, ob sie Gustavos Erpressung erwähnen sollte, entschied sich aber dagegen.

„Gustavo ist ein guter Mann. Ich bin mir sicher, dass er sich gut um deinen Bruder kümmert, bis der Fall aufgeklärt ist." Er legte die Hände auf die Kugel, aber sie leuchtete nicht auf. „Was ist denn jetzt los? Warum funktioniert sie nicht?"

„Ich würde ihn gerne sehen, damit ich weiß, dass es ihm gut geht. Könnt Ihr mir nicht helfen?" Luna trat näher. „Ihr müsst die Kugel so hinstellen, dass das Sonnenlicht darauf fallen kann, Herr."

„Aber das tut es, und sie lädt mich trotzdem nicht auf." Er sah sie mit seinem unbeweglichen Gesicht an. „Bring es in Ordnung, und ich fordere Gustavo auf, deinen Bruder herzubringen."

Mit einem Nicken ging Luna in die Hocke, um die Kugel zu untersuchen. Wieder staunte sie über das filigrane Muster der Messing- und Eisendrähte, die den Saphir umschlossen. Der Saphir. Ihre Augen weiteten sich ungläubig. Ein großer Riss verlief über eine Seite und teilte den großen Edelstein im zwei Hälften.

„Habt ihr die Kugel versehentlich fallenlassen, Majestät?"

„Nein, aber vielleicht eins der Zimmermädchen. Warum?"

„Der Saphir ist zerbrochen, und ohne ihn funktioniert die Kugel nicht."

„Kannst du es in Ordnung bringen?" Die Stimme des Königs enthielt einen verzweifelten Unterton.

„Ich bräuchte einen Saphir derselben Größe und Qualität." Vorsichtig zog Luna die beiden Hälften des zerbrochenen Juwels heraus und reichte sie dem König.

Er starrte sie eine Weile an, dann schüttelte er den Kopf.

„Ich habe viele Saphire, manche von noch höherer Qualität, aber sie sind alle kleiner." Er sah Luna unverwandt an. Es beunruhigte sie mehr, als sie sich eingestehen wollte. „Kannst du keine kleineren nehmen?"

Um seinem unbeweglichen Blick zu entkommen, wandte sich Luna wieder der Kugel zu und untersuchte sie genauer. Das Durcheinander der Kabel sah aus, als ob es mehr oder weniger planlos in die Kugel gestopft worden wäre. Es gab kein erkennbares System hinter der Anordnung. Vielleicht ließ sich der große Saphir tatsächlich durch mehrere kleine ersetzen. Sie zog den Messingkäfig, der den Saphir gehalten hatte, heraus, nahm einen der Steine und passte ihn in den Käfig ein, sodass alles perfekt zusammenpasste. Sie hielt das neu eingefasste Juwel ins Licht, und die Kugel fing an zu summen. Ein kaum sichtbares Licht schimmerte auf ihrer Oberfläche.

„Wenn ich mehr Saphire und Kabel hätte, könnte ich ein funktionierendes Ladegerät bauen." Sie richtete sich auf und sah den König an. „Aber es müssten Edelsteine von höchster Qualität sein."

„Warte hier." Der König verließ das Zimmer, und trotz des Drangs, nach Mondo zu suchen, blieb Luna. Es ging nicht an, sich einem direkten Befehl des Königs zu widersetzen. Außerdem bot er die beste Möglichkeit Mondo zurückzubekommen. Als er zurückkam, stellte er einen mittelgroßen Kasten auf den Tisch neben die Kugel und öffnete den Deckel.

Luna schnappte nach Luft. Das Kästchen enthielt mehr Saphire, als sie brauchte, und alle waren in Form von Rosenblüten geschnitten. Als sie sich gefangen hatte, nickte sie.

„Die kann ich nehmen. Passt gut darauf auf, während ich einige Messing- und Eisenkabel hole."

„Den König herumkommandieren, he?" Obwohl sich seine Gesichtszüge nicht veränderten, klang seine Stimme amüsiert.

Luna wurde rot.

„Das tut mir leid. Ich wollte nicht…"

„Ich mag es. Würdest du mich bitte Vincente nennen?"

Wie betäubt starrte Luna den mechanischen König an. Hatte sie richtig gehört? Der Hof wäre entsetzt, wenn eine einfache Mechanikerin wie sie den König beim Vornamen nannte, aber sie konnte auch nicht ablehnen, ohne seine Gefühle zu verletzen. Sie wollte nicht wissen, was in dem Fall passieren würde. Sie schluckte und sagte: „Ich hole die Kabel."

Wie der Blitz verließ sie die Gemächer des Königs und rannte zur Werkstatt des königlichen Mechanikers – wenn sie so darüber nachdachte, war es jetzt ihre, oder nicht? Sie würde den König fragen müssen.

„Vincente", flüsterte sie. Der Name fühlte sich fremd an, aber gut, wie er von ihrer Zunge rollte. Sie huschte durch die kleine Tür in die Werkstatt und zog an einem Hebel neben der Tür. Eine Klappe im Dach öffnete sich und ließ das Tageslicht herein. Leise dankte sie den Erbauern des Raums dafür, dass sie sich an das Standardlayout einer Werkstatt gehalten hatten.

„Also, wo finde ich jetzt genügend Kabel?"

Sie sah sich um. Zu ihrer großen Überraschung waren die Überreste des Monsters hierher gebracht worden. Sie lagen vor der Hebebühne wie ein verschrumpelter Haufen. Da sollten genügend Eisen- und Messingkabel drin sein, um ein komplett neues Ladegerät zu bauen, dachte sie. Vorsichtig trat sie an den Haufen aus verdrehtem Metall heran. Messingrohre, Stücke von Eisenplatten und Gummi waren alles, was vom Monster übrig geblieben war.

Wenn der König – Vincente – nur nicht so schnell gefahren wäre. Wenn er ihr oder seinen Beratern nur zugehört hätte, außer Gustavo natürlich. Luna fuhr mit den Fingern über das verdrehte Gabelbein. Es wäre nichts passiert oder der Unfall wäre weniger schlimm gewesen. Irritiert starrte sie das Öl an ihren Fingerspitzen an. Es dauerte einen Moment, ein Tuch zu finden, um sie abzuwischen, als ihr schlagartig etwas klar wurde. Sie stand stocksteif da, während ihr Gehirn auf Hochtouren lief.

Hatte doch jemand das Monster sabotiert? Luna eilte zurück zu dem Schrotthaufen und begann, sich methodisch hindurchzuarbeiten. Es dauerte ewig, das Metall zu sortieren und zu glätten, aber sie kam gut voran. Gleichzeitig legte sie Messing-

und Eisenkabel zur Seite. Nach einer Stunde richtete sie sich auf, das Ergebnis ihrer Suche in der Hand. Das Eisenrohr, das zum hydraulischen System der Gabel führte, war angeschnitten. Es gab eindeutig Spuren einer Säge in der silbernen Oberfläche des Metalls. Jemand hatte gerade tief genug gesägt, damit das Hydraulik-Öl auslief, bis nichts mehr funktionierte. Danach hatte die leichteste Erschütterung ausgereicht, um den Unfall auszulösen. Aber wer würde so etwas machen? Vielleicht Gustavo? Aber er war das Monster selbst gefahren. So verrückt wäre niemand. Außerdem war er nie lange genug außer Sicht gewesen, während sie unterwegs waren, um so etwas zu tun. So groß ihre Abneigung gegenüber dem Mann war, sie musste zugeben, dass er keine Gelegenheit gehabt hätte, es zu tun. Vielleicht war es der königliche Mechaniker selbst gewesen. Ohne die Belastung der Fahrt war der Schnitt nahezu unsichtbar, sodass sie ihn nicht hatte entdecken können. Aber aus welchem Grund hätte er seine eigene Maschine sabotieren sollen?

Es war jedoch eindeutig Sabotage. Luna konnte es kaum glauben. Was wäre, wenn der Saphir auch mit Absicht zerbrochen worden war? Versuchte jemand, den König und seinen Freund loszuwerden? Sie wickelte die Eisenröhre in ein Tuch, schob es in ihre Tasche, hob die Kabel auf und verließ die Werkstatt.

Sie fand den König in seinem Schlafzimmer und erzählte ihm von der Sabotage. Sein Mund klappte auf und er starrte sie an, als suche er nach Worten. Es dauerte eine ganze Weile, bis er sich eingekriegt hatte.

„Aber warum? Meine Berater behaupten, dass ich bei meinen Höflingen und Untertanen beliebt bin."

„Ich weiß es nicht, aber ich schlage vor, dass wir das Ladegerät, sobald es repariert ist, an einen Ort bringen, wo es niemand finden kann."

„Das ist eine gute Idee."

Trotz seiner ruhigen Worte erkannte Luna den inneren Aufruhr des Königs in seinem Gesicht, als ob es aus Fleisch und Blut gewesen wäre. Sie überließ ihn seinen Gedanken und begann, die Kugel auseinanderzunehmen. Seit sie die Saphire gesehen hatte, wusste sie, wie das neue Ladegerät aussehen würde.

Ein Diener trat ein und verbeugte sich.

„Der königliche Sprecher bittet darum, Eure Majestät sehen zu dürfen."

Der König ging, was Luna gut passte. Während der nächsten Stunde entwirrte sie das Durcheinander aus Filtern, Kabeln und Röhren, das in die Kugel gequetscht worden war. Durch die halb geschlossene Tür hörte sie, wie der König über sein Schicksal klagte. Allem Anschein nach gelang es Gustavo nicht, ihn aufzuheitern. Schließlich ging der Freund des Königs, und der König kam zu Luna zurück und sah ihr zu, wie sie neue Halterungen für die Saphire baute. Das dauerte eine weitere Stunde. Je länger der König warten musste, desto nervöser wurde er. Als die Mittagsstunde nahte, begann er unruhig auf und ab zu gehen.

„Wie lange dauert es denn noch? Ich spüre, wie die Energie aus mir herausläuft."

„Ich brauche noch etwa ein halbe Stunde, aber der größte Teil der Arbeit ist getan." Luna wickelte die Metallkugel, Kabel, Filter, Saphire und ihr Werkzeug in das Tischtuch, hob das Bündel auf und trat durch die Flügeltüren in den Garten. „Kommst du?"

Mit dem König im Schlepptau ging sie den Weg entlang, den Gustavo letzte Nacht mit ihr genommen hatte. Bald erreichten sie den Pavillon, in dem er versucht hatte, sie zu verführen. Ihre Erinnerung stimmte. Er war komplett mit Rosen überwuchert. Gerade als sie eine der Säulen hinaufstieg, das Bündel an ihre Taille gebunden, begann der Countdown erneut. Sie durfte keine Minute verlieren.

So schnell sie konnte, befestigte Luna die neu gefassten Saphire am äußersten Ende der Rosenranken. Dann schloss sie die Röhren und die Kabel an. Sie wickelte sie um die Stämme der Rosen, darauf bedacht, sich nicht in die Finger zu stechen. Am Boden verband sie die Röhren und die meisten Kabel wieder mit den Filtern, stopfte sie zurück in die Kugel und legte sie gleich neben den Wurzeln auf die Erde. Der Countdown war bereits bei zehn Minuten angekommen. Sie winkte den König zu sich. Als er sich näherte, schloss sie das letzte Kabel an, und die Kugel leuchtete auf. Eilig riss sich der König die Handschuhe herunter, kniete sich hin und packte die Kugel. Das Licht verschwand, aufgesaugt von seinem mechanischen Körper.

Luna seufzte vor Erleichterung. Jetzt musste sie nur noch warten, bis der König vollständig aufgeladen war. Dann würde sie einen Schalter einbauen, damit die Kugel nicht die ganze Zeit leuchtete. Wenn man sie dann mit einem schlammfarbenen Kissen abdeckte, sollte das Ladegerät für jeden unsichtbar sein, der vorbeiging. *Oh je, ich habe das Kissen vergessen,* dachte sie. Mit Erlaubnis des Königs ging sie los, um eines der hässlichen, braunen Kissen von dem Sofa in seiner Suite zu holen. Auf dem Rückweg bog sie versehentlich falsch ab und stand plötzlich vor einem Pavillon, der dem ähnelte, an dem sie den König zurückgelassen hatte. Allerdings waren die Bögen hier zugemauert, und es gab eine Tür. Zu ihrer Überraschung stand eine Wache davor. Sie schlenderte näher und versuchte, so auszusehen, als gehörte sie hierher.

Die Wache hielt sie an.

„Zutritt verboten. Befehl des Königs."

„Wer ist da drin?" Sie legte den Kopf schief und versuchte, verführerisch auszusehen.

„Geht dich nichts an."

„Ich soll dem Gefangenen ein Kissen bringen." Sie zeigte es zum Beweis, aber die Wache schüttelte den Kopf. Sie versuchte es nochmals. „Wer ist es denn?"

Er runzelte die Stirn und legte eine Hand auf das Heft des Schwertes an seiner Seite.

„Geh weg."

Widerwillig drehte sich Luna um und ging. Ihr Bauch bestand darauf, dass dies der Ort war, wo Gustavo ihren kleinen Bruder versteckt hielt, aber die Behauptung der Wache, dass der König den Befehl gegeben hätte, verwirrte sie. Sie eilte zurück zum Pavillon mit dem Ladegerät und kam in dem Moment an, als die mechanische Stimme verkündete: „Auflading erfolgreich. Ladung ausreichend für siebenundzwanzig Stunden."

Der König wartete, bis sie die Kugel mit dem Kissen und etwas Erde abgedeckt hatte, bevor er ihre Hände nahm. Ein Blitz schoss durch ihre Arme, und sie riss ihre Hände weg.

„Entschuldige. Ich wollte dir danken und nicht wehtun." Der König versteckte seine Hände wieder in den Handschuhen, während er seine Füße anstarrte. „Ich wünschte, ich könnte dich für deine Hilfe belohnen. Du hast mir schon dreimal das Leben gerettet."

„Dafür sind gute Mechaniker gemacht." Luna grinste. „Aber du könntest mir mit etwas helfen." Sie führte ihn zu dem anderen Pavillon und erklärte ihm ihren Verdacht. Er hörte konzentriert zu, ohne sie zu unterbrechen, was sie überraschte. Vielleicht war er doch nicht so unreif, wie sie gedacht hatte. Bevor sie um die letzte Kurve bogen, zog er seinen Schleier aus einer Jackentasche und legte ihn über seinen Kopf. Er zwinkerte ihr zu.

„Meine Untertanen erkennen mich nicht ohne", flüsterte er.

Die Augen des Wachmanns weiteten sich, als der König auf ihn zutrat. Er verbeugte sich so tief, dass sein Rücken knackte.

„Öffne die Tür", befahl der König.

Die Wache beeilte sich, seinem Wunsch nachzukommen. Luna schoss an ihm vorbei ins Halbdunkel des Pavillons. Mondo lag auf einem Sack Stroh auf dem Boden und schlief. Die Spuren von Tränen in seinem schmutzigen Gesicht zeigten, wie unglücklich er gewesen sein musste. Luna kauerte sich neben ihn und streichelte seine Haare. Er zuckte zusammen. Sie schüttelte ihn leicht. Er zuckte erneut, wachte aber nicht auf. Vielleicht hatte Gustavo ihn betäubt. Oh, wie sie sich danach sehnte, ihre Faust in sein Gesicht zu rammen. Sie nahm Mondo auf den Arm, stand auf und wandte sich der Wache zu.

„Ich nehme ihn mit. Jetzt."

„Ich bekomme Schwierigkeiten, wenn der Junge fehlt."

„Wir könnten dich an seiner Stelle einschließen", schlug der König vor. „Ich würde nie einen unschuldigen Jungen in einem Gartenpavillon einsperren."

„Der Sprecher schwor, dass er ihre Befehle ausführen würde, Majestät. Bitte bestraft mich nicht." Der Wachmann stand so stramm, wie er konnte.

Die Stimme des Königs schnurrte wie die einer Katze.

„Berichte deinem Kommandanten. Wenn er dir nicht glaubt, sag ihm, er soll mich nach dem Mittagessen besuchen."

Bei der Erwähnung von Essen knurrte Lunas Magen. Sie wurde rot, aber der König reagierte nicht auf das Geräusch.

„Ich will, dass du zunächst in meiner Suite bleibst", sagte er auf dem Rückweg zum Schloss zu ihr. „Ich werde die Zimmer neben den meinen für dich und deinen Bruder vorbereiteten lassen. So bist du in meiner Nähe, wenn ich dich brauche."

Lunas Herz füllte sich mit Dankbarkeit. Wenn Gustavo nochmals etwas versuchte, war der König nur einen Schrei entfernt. Es garantierte nicht, dass der Sprecher sie in Ruhe lassen würde, aber er würde mit Sicherheit vorsichtiger sein.

Zurück im Schlafzimmer des Königs legte sie Mondo auf das Sofa. Das war ein guter Platz, um zu schlafen, bis die Wirkung des Medikaments nachließ, und wenn er aufwachte, wäre sie in der Nähe. Bald brachte ein Diener Suppe, Brot, Fleisch und Obst. Er stellte alles auf einen kleinen Tisch neben dem Kamin und ging. Erst danach entfernte der König seinen Schleier.

„Weißt Du, ich habe mich gefragt, wer wohl meinen Tod wünscht", sagte er, als sie mit dem Essen fertig waren. Es war genug übrig geblieben, damit Mondo seinen ewigen Hunger stillen konnte, sobald er aufwachte.

„Na ja. Es hatten nicht viele Leute Zugang zum Monster."

„Monster?"

Luna schlug die Hand vor den Mund.

„Tschuldigung. Ich hab das Fahrzeug mit den zwei Rädern so genannt, weil es so laut war."

Der König lachte. Es war ein warmes Geräusch, das ihren ganzen Körper kribbeln ließ.

„Der Name passt", sagte er, als er sich beruhigt hatte. „Wenn ich so überlege, konnten die Lehrlinge des Hofmechanikers in die Werkstatt. Das sind zwei Jungen in deinem Alter."

„So viel älter bist du bestimmt auch nicht."

„Manchmal fühlt es sich wie Jahrhunderte an." Er seufzte. „Zurück zum Thema. Alle, die Zugang hatten, waren Gustavo und ich, der königliche Mechaniker, seine beiden Lehrlinge und mein Page … Übrigens habe ich ihn schon eine ganze Weile nicht mehr gesehen."

Der Page, ja, Luna erinnerte sich an ihn. Und sie erinnerte sich an etwas, das ihre Mutter einmal erwähnt hatte.

„Stimmt es, dass der König nur von einem Familienmitglied bedient werden darf?"

Er nickte.

„Justin ist mein Cousin, um drei Ecken."

„Und wo steht er in der Reihe der Thronfolge?"

„Du denkst er würde…?" Die Augen des Königs weiteten sich. „Das kann ich nicht glauben. Er müsste seinen älteren Bruder und seine Mutter ermorden."

„Vielleicht solltest du prüfen lassen, ob sie in letzter Zeit angegriffen wurden." Luna wollte nicht glauben, dass der Junge mit den runden Wangen möglicherweise Hochverrat begehen wollte, aber sie konnte es nicht ausschließen. „Was ist mit deinem Berater?"

„Gustavo?"

„Nein. Ich meine den alten Kerl, der Gustavo daran gehindert hat, Herrscher über das Reich zu werden."

„Er weiß nicht mal, wo die Werkstatt ist."

Sie saßen schweigend nebeneinander und dachten nach. Schließlich seufzte Luna und sagte: „Es ist ziemlich verdächtig, dass der Hofmechaniker verschwunden ist. Entweder er hat das Monster sabotierte und versteckt sich jetzt, oder er hat etwas gesehen und wurde entführt."

„Also wäre es am besten, den Hofmechaniker zu finden." Der König nickte.

Ein Klopfen an der Tür unterbrach sie, und der alte Berater trat ein. Er verbeugte sich.

„Ich bin gekommen, um mich zu erkundigen, was mit Eurem Körper geschehen soll, Majestät. Wir können ihn nicht mit allen Ehren begraben, solange ihr noch lebt. Aber wir wollen es auch nicht ohne die vorgeschriebene Zeremonie tun, immerhin ist es Euer Körper."

„Gebt mir einen Tag, um darüber nachzudenken."

„Selbstverständlich. Die Keller sind kühl genug, dass er noch ein paar Tage hält." Der Berater verbeugte sich wieder. „Bitte denkt an die Abgesandten aus Nordmeerdia."

„Ich werde pünktlich da sein." Als der Berater gegangen war, seufzte der König. „Manchmal wünschte ich, dass ich nur eine normale Person wäre. Diese Aufgabe macht mich buchstäblich zu einer Maschine."

„Du machst das großartig. Ich habe zugesehen, wie du all die Bitten während der Audienz beurteilt hast, und war ziemlich überrascht, wie gut du zurechtkamst." Luna lächelte den mechanischen König an.

Sein Gesicht drehte sich zu ihr. Die weiß-blauen Glasbälle, die winzige Kameras enthielten und als Augen dienten, fingen ihren Blick ein. Eine Spannung lag in der Luft, die vor einer Sekunde nicht da gewesen war. Luna hatte das Gefühl, dass er direkt in ihr Herz sah und Geheimnisse entdeckte, die ihr selbst noch unbekannt waren. Ihr Herz schlug schneller. Es wäre wahrscheinlich klüger gewesen, ihm kein Kompliment zu machen. Nach einer Ewigkeit, die nicht mehr als ein paar Sekunden gedauert haben konnte, wendete der König die Augen ab.

„Wir haben zwei Stunden, um den Hofmechaniker zu finden, bevor ich die Abgesandten treffen muss. Lass uns das Beste daraus machen." Er erhob sich und streckte die Hand aus. Als Luna zögerte und ihr Blick zu seinem Schlafzimmer flog, sagte er: „Wir bitten meine Amme, sich um deinen Bruder zu kümmern. Sie mag ihn."

Einige Minuten später gingen sie durch einen Korridor im obersten Stock des Schlosses und untersuchten jeden Raum, von den Kammern der Dienerschaft bis zu den Aufbewahrungsräumen. Der König hatte seinen Kopf wieder bedeckt, und niemand wagte, gegen seine Neugier zu protestieren. Luna bemerkte, dass einige der Diener so stolz über seinen Besuch waren, als hätte er ihnen ein Kompliment gemacht.

Sie arbeiteten sich von oben nach unten vor und entdeckten unzählige unbenutzte Zimmer, alle in gutem Zustand, falls Gäste kamen. Einmal stolperten sie über ein Paar, das in einem Wäscheschrank herumknutschte. Kichernd rannten sie vor dem wütenden Geschrei davon. Luna bog sich vor Lachen, bis ihre Seiten schmerzten. Der König musste auch aufhören, damit sein Atmungsapparat den Überschuss an Dampf loswerden konnte, der durch die Beschleunigung seiner Dampfmaschine entstanden war.

„Ich bin sicher, dass sie keine Ahnung haben, wo der Hofmechaniker steckt", sagte er. Ein vergnügter Unterton lag in seiner Stimme, der bei Luna erneut einen Lachanfall auslöste. Sie lachte, bis ihr Tränen in die Augen schossen.

Wenn alle wüssten, wie lustig der König sein konnte, würde er keinen Tag mehr Ruhe finden. Jetzt verstand sie, warum Gustavo so viel Zeit mit dem nach außen hin so ernsthaften und langweiligen Monarchen verbrachte. Der Gedanke an den Hofsprecher beendete ihren Lachanfall schlagartig. Sie schob die Erinnerung beiseite.

„Lass uns weitermachen. Die Uhr tickt."

Der König marschierte weiter.

„Entweder ist er sehr gut darin, sich zu verstecken, oder er hat das Schloss längst verlassen."

Luna zuckte mit den Schultern.

„Oder jemand hat ihn irgendwo eingesperrt, wo wir noch nicht nachgesehen haben."

Als sie damit fertig waren, die Teile des Schlosses zu durchsuchen, die der König nicht gut kannte, drehte er sich zu ihr um.

„Ich muss jetzt gehen. Der Abgesandte und sein Gefolge wären zutiefst gekränkt, wenn sie auf mich warten müssten. Aber es war ein ausgesprochen angenehmer Nachmittag. Eigentlich war es der erste angenehme Nachmittag seit Langem." Er nahm ihre Hand, beugte sich darüber und drückte sanft seine kalten Lippen gegen ihr warmes Fleisch. „Ich wünschte, ich könnte deine Haut wirklich an meinen Lippen spüren. Es würde meinen Tag perfekt machen."

Ein Schauer ging durch Luna und ihre Kehle verengte sind. War es möglich, dass sie der König mochte? Ihr Herz raste und sie sehnte sich danach, seine metallische Wange zu streicheln, aber sie traute sich nicht. Sie lächelte, so gut sie konnte, und räusperte sich.

„Ich suche noch eine Weile", sagte sie.

„Wenn du ihn nicht findest, versuchen wir es wieder, wenn die offizielle Besprechung vorüber ist und das Festmahl noch nicht begonnen hat. Ich wäre erfreut, wenn du darüber nachdenken würdest, mitzukommen." Er verbeugte sich ein letztes Mal und ging.

Luna sah ihm nach. Er drehte sich dreimal um und winkte, bevor er um eine Ecke im Flur bog und aus ihrem Blickfeld verschwand. Luna lauschte seinen Schritten, bis sie verklungen waren. Dann ging sie in die Küche, um sich einen kleinen Imbiss zu holen. Sie brauchte alle Kraft, die sie hatte, um den Rest des riesenhaften Schlosses zu durchsuchen. Als sie eine Küchenmagd höflich um etwa Essen bat, holte diese einen Teller Obst. Luna wählte die einzige Frucht, die sie kannte: einen Apfel. Dann dankte sie der Frau.

„Es gibt kein Grund, mir zu danken. Sie sind dazu berechtigt, seit Sie zum neuen Hofmechaniker ernannt wurden.” Die Magd stellte den Teller auf einen schmalen Tisch in der Nähe der Tür. „Übrigens, könnten Sie einen Blick auf unseren Heißwasserspeicher werfen? Er ist schon seit einer Woche kaputt, und meine Arme werden immer länger, weil ich so viel Wasser tragen muss. Sie können sich nicht vorstellen, wie viel Wasser man per Hand erhitzen muss, um das ganze Geschirr zu spülen. Die Spülküchenmägde und ich machen Überstunden, seit der Speicher kaputt ist.”

Luna wollte eigentlich ablehnen, als ihr einfiel, dass die Küche ein gutes Versteck wäre. Der König besuchte sie bestimmt nicht besonders oft, und es gab genügend Nahrung.

„Kann ich mich etwas umsehen, wenn ich fertig bin?”, fragte sie. „Ich war noch nie zuvor in einer Schlossküche.”

Die Magd versprach, sie herumzuführen, bestand aber darauf, dass die Köche sie nicht sehen dürften. Dann ergoss sich ein Schwall aus Klatsch und Tratsch über Luna. Als sie ihren Apfel gegessen hatte, genoss sie das fröhliche Geplapper der Magd, während sie den Speicher untersuchte. Ein Rohr war geborsten und hatte die automatische Verriegelung eines Sicherheitsventils ausgelöst. Es war eine leichte Reparatur.

„Mann! Sie sind ja noch schneller als der alte Hofmechaniker.” Die Ehrfurcht in den Augen der Magd ließ Luna erröten.

„Kennst du den Hofmechaniker?”

„Klar. Er war oft hier unten und hat dauernd neues Zeug für die Köche erfunden.” Die Magd packte ihre Hand. „Komm mit. Ich zeige dir zuerst die Vorratsräume. Sie sind riesig. Ich wette, man könnte die ganze Stadt für mindestens eine Woche mit dem Zeug versorgen, das dort gelagert wird.”

Sie schleifte Luna in ein Gewölbe, das groß genug war, einen Pottwal unterzubringen.

Luna starrte in jeden Winkel, den sie finden konnte.

„Hast du den Mechaniker je hier unten gesehen?"

„Warum sollte er hierherkommen? Hier gibt es nichts zu tun, und alles, was ihn zu interessieren schien, waren seine Maschinen und Erfindungen." Die Magd schleifte Luna durch einen endlosen Irrgarten von Lagerräumen und erzählte ihr vom Hofmechaniker und seinen Erfindungen. Die Geschichten würzte sie mit lustigen Anekdoten.

Luna prüfte alles so gründlich wie möglich. Je länger sie den Geschichten der Magd zuhörte, desto stärker wurde ihre Vermutung, dass der Hofmechaniker entführt worden war. Er schien keine Person zu sein, die versucht hätte, einen König loszuwerden. Aber wenn er versteckt worden war, musste er im Schloss sein. Das sagte zumindest ihre Logik. Ein Verräter, der den König loswerden wollte, musste bei Hof sein. Da er – oder sie, denn es konnte genauso gut eine Frau sein – nahe beim König bleiben würde, musste der Gefangene auch in der Nähe sein, es sei denn, der Verräter hatte Komplizen. War es möglich, dass mehrere Leute bei Hof einen anderen Herrscher wollten? Nun ja, sie konnte nur eine Sache untersuchen, und der erste Schritt war, herauszufinden, ob der Mechaniker im Schloss war.

„Sag mal", sie blieb stehen und drehte sich zu der Magd um. „Wo im Schloss würdest du etwas verstecken, das nicht auftauchen darf?"

„Das ist leicht. Ich würde es so tarnen, dass es nicht auffällt." Die Magd grinste. „Ich habe einen Ring aus echtem Gold, den mir meine Mutter hinterlassen hat, als sie starb. Den hebe ich in einem Kasten mit den unechten Juwelen auf, die ich mir für besondere Gelegenheiten gekauft habe."

So einfach war das, und doch so schwer. Luna musste sich zwingen, sich nicht vor die Stirn zu schlagen.

„Danke, dass du mich herumgeführt hast, aber jetzt muss ich los. Ich hätte beinahe eine Anfrage aus dem Verlies vergessen."

„Oh, haben die wieder Probleme mit dem Hebebock?" Die Magd zeigte auf einen engen Flur am Ende des Lagerraums, in dem sie standen. „Wenn Sie dort hindurchgehen und die dritte Abzweigung nach links nehmen, stehen Sie direkt vor der Tür des Kerkermeisters. Das erspart Ihnen die Mühe, den hochnäsigen Wachen alles zu erklären."

Luna dankte der Magd noch einmal und eilte durch den Flur davon. Er war schlecht beleuchtet und führte abwärts. Die dritte Abzweigung links führte eine Treppe hinunter zu einer dicken Tür mit einem winzigen Fenster. Der Fensterladen war fest verschlossen und konnte von dieser Seite nicht geöffnet werden. Sie klopfte. Als nichts geschah, klopfte sie erneut.

„Ja, ja. Ich komm ja schon", rief eine heisere Stimme auf der anderen Seite. „Kein Grund, einen alten Mann zu nerven."

Die Tür schwang auf und Luna stand einem Mann gegenüber, der kaum größer war als ihr Bruder. Über der Schulter trug er eine erstaunlich große Axt, und seine Schultern waren breit genug, um klar zu machen, dass er die Kraft hatte, sie zu benutzen.

„Was starren Sie mich an? Haben Sie noch nie einen untergroßen Kerl gesehen?"

Luna fing sich. Ihr Instinkt sagte ihr, dass sie mit diesem Mann lieber behutsam umgehen sollte. Also lächelte sie und verbeugte sich.

„Keinen, der so gut aussah."

„Kokolores! Was wollen Sie?"

„Der König schickt mich. Ich suche den Hofmechaniker. Er wird dringend gebraucht."

„Sie sind wohl nicht gut genug für die Aufgabe, was? Na, das überrascht mich nicht, wo Sie kaum mehr sind als ein Hauch von einem Mädchen." Er winkte sie in den Flur des Verlieses und führte sie weiter. Die Mauern enthielten auf beiden Seiten Türen, und Luna fragte sich, wie viele Gefangene hier wohl leben mochten. Nach allem, was sie wusste, überlebten die meisten nicht lange.

„Kein Grund, angeekelt auszusehen. Die, die man hier reinsteckt, haben's verdient. Können Sie mir glauben. Der dort…" Er zeigte auf eine der Türen. „…vergewaltigte seine eigene Tochter. Wurde vom Nachbarn überrascht. Und der…" Er zeigte auf eine andere Tür. „…ermordete seinen Onkel, seine Tante und deren Kinder, um an ihr Geld zu kommen. Niemand ist ohne Grund hier unten."

„Was ist mit dem Hofmechaniker?", fragte Luna.

„Ach, das ist ein Sonderfall. Der ist nicht vom König verurteilt worden, wissen Sie? Ist aber schuldig wie alle. Sagt er selbst." Der kleine Mann wechselte seine Axt auf die andere Schulter und durchsuchte einen großen Schlüsselring, der an einer Kette von seinem Gürtel hing. „Sagte, er hätte den König ermordet. Wenn man nun bedenkt, dass der König immer noch da ist, glaubt ihm natürlich niemand. Er ist ein bisschen…" Er zeigte mit dem Zeigefinger auf seine Schläfe und bewegte ihn im Kreis. Als Luna nichts sagte, steckte er den Schlüssel, den er ausgewählt hatte, ins Schloss der Tür, vor der sie standen. „Ich hole ihn. 's ist kein Anblick für ein Mädchen da unten."

Luna wartete geduldig. Er kam ein paar Minuten später zurück und stützte einen viel größeren Mann, der ziemlich schlecht aussah. Im Bart des Mannes hingen Strohhalme, seine Augen waren halb geschlossen und sein Körper eingefallen. Er hustete, was seinen Körper schüttelte und den Gefängniswärter ächzen ließ.

„Worauf warten Sie, hey? Der Knabe ist schwer."

Luna nahm einen Arm und legte ihn um ihre Schulter. Der Mann war schwer, aber seinem Aussehen nach war er viel schwerer gewesen, bevor er hierhergekommen war.

„Ich bringe ihn auf demselben Weg zurück, den ich gekommen bin", sagte sie.

„Auf keinen Fall." Der kleine Kerkermeister huschte um sie herum und breitete die Arme aus. „Du nimmst gefälligst die Treppe und meldest dich bei den Wachen ab wie jeder andere auch."

„Na schön. In dem Fall musst du mir helfen, ihn die Stufen hinaufzuschleppen. Das schaffe ich niemals alleine." Luna hoffte, dass er keine Lust hätte, ihr zu helfen, und sie hatte Recht. Murrend führte sie der Kerkermeister zum Seiteneingang zurück. Er nahm Papier und Stift aus einer Nische in der Wand und schrieb in großen, wackeligen Buchstaben: „Gefangener 43-6 in folgende Obhut entlassen…" Er brachte sie dazu, ihren Namen zu buchstabieren und das Ganze zu unterschreiben. Dann öffnete er die Tür.

„Bringen Sie ihn zurück, sobald Sie mit ihm fertig sind", sagte er.

Was immer Luna hätte antworten wollen, ging in einem heftigen Hustenanfall des Hofmechanikers unter. Sein Körper schwankte so stark, dass es unmöglich war, ihn mehr als die zwei Schritte zur Seite zu ziehen, die nötig waren, um die Tür zu schließen. Sie krachte hinter ihnen ins Schloss. Als sich der Mechaniker erholte, versuchte er vergeblich, allein zu stehen. Luna hielt seinen Arm und führte ihn zu den Stufen, die in die Vorratsgewölbe hinabführten. Er sträubte sich bei jeder Stufe mit allem, was ihm von seiner früheren Kraft verblieben war.

„Kommt, Herr. Es ist nicht weit."

„Wer schickt dich?" Sein Blick huschte herum wie der eines Kaninchens auf der Flucht vor dem Fuchs.

„Sie sind jetzt sicher." Sie versuchte, ihn zu beruhigen. „Der König wird dafür sorgen, dass Ihnen nichts passiert."

„Der König? Er ist nicht tot? Ich habe ihn nicht getötet?" Er blieb abrupt stehen. Überraschung war ihm ins Gesicht geschrieben und etwas mehr – Hoffnung?

„Lassen Sie uns sagen, er existiert. Ob er noch lebt, müssen wir später sehen." Luna nahm seinen Arm und führte ihn weiter die Treppe hinauf. Auf halbem Weg nach oben verließen ihn wieder die Kräfte, und sie musste ihn halb tragen. Es dauerte ewig, den erschöpften Hofmechaniker an einen Ort zu bringen, wo sie die Hilfe von zwei starken Männern anfordern konnte. Ermüdet folgte sie ihnen zu den Gemächern des Königs. Dieses Mal ließ die Wache an der Tür sie ohne Fragen ein.

Mondo begrüßte sie und schlang seine Arme um sie. „Wo warst du? Ich bin schon ewig wach." Er sah den alten Mann kurz an, den die beiden Diener sanft auf das Sofa legten. „Wer is'n das?"

„Ich habe dich auch vermisst." Luna drückte ihn. „Versprich mir, dass du bei der Amme bleibst, wenn ich nicht bei dir bin."

„Aber das ist langweilig. Ich bin kein kleiner Junge mehr."

„Versprich es oder ich muss dich einschließen."

Mondo jammerte, gab aber nach. Dann wendete sich Luna an die Diener und befahl ihnen, Fleischbrühe und saubere Kleidung für den Mechaniker zu holen. Da kam die Amme aus dem Schlafzimmer des Königs und übernahm die Versorgung des erschöpften Mannes, sodass Luna mit ihrem kleinen Bruder reden konnte.

Sie erzählte eben von ihrer Suche nach dem Hofmechaniker, als der Arzt kam. Mondo schlüpfte unter den Tisch und versteckte sich hinter der Tischdecke. Von seinem Versteck aus beobachtete er, wie der Doktor den Patienten untersuchte. Luna wandte ihm absichtlich den Rücken zu. Sie verstand völlig, warum Mondo Angst hatte. Mit der Erinnerung an die Entführung würde er eine ganze Weile kämpfen. Sie würde viel Geduld brauchen, um ihn in den vergnügten kleinen Bruder zurückzuverwandeln, der er vorher gewesen war.

„Es geht ihm sehr schlecht", sagte der Doktor zur Amme, während er eine Spritze aufzog. „Es ist ein Wunder, dass er noch nicht tot ist. Sein Herz schlägt unregelmäßig, und der Blutdruck ist viel zu hoch. Wenn wir ihn bewegen, stirbt er wahrscheinlich. Ich gebe ihm etwas, das vielleicht hilft, ihn zu stabilisieren." Er injizierte dem Patienten eine klare Flüssigkeit.

„Ich bin sicher, dass ihm der König erlauben wird hierzubleiben, bis es ihm besser geht", sagte die Amme.

„Das wäre ratsam." Der Arzt packte seine Sachen zusammen und wandte sich zum Gehen. „Geben Sie ihm leichte Kost und stellen Sie sicher, dass er sich nicht aufregt. Mit viel Sorgfalt bringen wir ihn hoffentlich durch."

Luna schluckte. Den Mechaniker durch das halbe Schloss zu schleifen, hatte seinen Zustand wahrscheinlich verschlimmert. Es war jedoch keine Option gewesen, ihn vor der Gefängnistür zu lassen. Sie trat ans Bett, setzte sich auf den Rand und tätschelte die Hand des alten Mannes. Er lächelte sie an.

„Also hat das Gabelbein doch kein Öl verloren." Er seufzte. „Es ist gut, das zu wissen."

Luna wollte nicht, dass es ihm schlechter ging, also verschwieg sie ihm die volle Wahrheit. Dafür war nach seiner Genesung genug Zeit. Trotzdem brauchte sie ein paar Informationen. „Warum haben Sie es überhaupt angesägt?"

„Ich habe nicht tief genug geschnitten, dass Öl austreten konnte. Dafür wäre ein heftiger Stoß mit einer stabilen Klinge nötig gewesen, oder eine sehr schlechte Straße."

„Aber warum haben Sie das getan?"

„Ich brauchte Geld für die Versuche an meinem mechanischen Mann." Der Mechaniker schloss die Augen und seufzte. „Ich bedauere das jetzt zutiefst."

„Jemand bezahlte Sie, damit sie den zweirädrigen Dampfwagen sabotieren?"

„Wenn ich überlebe, werde ich meinen mechanischen Mann zerstören." Der Seufzer des Mechanikers klang eher wie ein Schluchzen. „Er hat mir nichts als Ärger gebracht."

In diesem Moment ging die Tür auf und der König stürmte herein. Kaum war er durch die Tür, zog er seinen Schleier herunter. Gustavo folgte ihm auf dem Fuße.

Der Mechaniker schoss in die Höhe und keuchte. Mit zitterndem Finger zeigte er auf den König und seinen Freund. Mit der anderen Hand griff er nach seiner Kehle. Er schnappte nach Luft und versuchte, etwas zu sagen. Luna packte seine Schultern und drückte ihn zurück in die Kissen.

„Ich hole den Doktor." Die Amme eilte aus der Tür.

„Warten Sie, ich komme mit." Gustavo lief ihr nach. Für einen Sekundenbruchteil wunderte sich Luna darüber.

„Ich habe ihn ermordet…" Seine Stimme war so leise, dass sie die Worte kaum verstand. Mit ungeheurer Anstrengung zeigte er wieder auf den König. „Es war Roberto…" Sein Gesicht wurde schlaff, und ein letzter Atemzug entfleuchte seinen Lippen.

Stille füllte das Zimmer, während Luna den toten Mechaniker anstarrte und versuchte, zu verstehen, was geschehen war. Ihr Schock ließ nach, als der König flüsterte: „Ist er tot?"

Sie nickte.

Mit einem Schritt stand der König neben ihr und packte sanft ihre rechte Schulter. „Steck mich in seinen Körper. Sofort!"

Luna starrte ihn an und wusste nichts zu sagen.

„Bitte, verschiebe mich in seinen Körper", wiederholte der König.

„Aber sein Körper ist alt und nicht sehr gesund. Du wirst sterben."

Er legte beide Hände auf die Oberarme und beugte sich vor, bis sein Gesicht auf gleicher Höhe mit ihrem war.

„Es würde mir erlauben, deine Hand zu spüren. Selbst wenn es nur für eine Minute wäre, ist das alles, was ich will."

Lunas Herz hämmerte wie eine Dampfmaschine. Tausende Gedanken schossen ihr durch den Kopf, von einem ekstatischen ‚Er mag mich' zu einem ruhigeren ‚Wenn er stirbt, wer wird dann König?' Sie entschied sich für das dringendste Problem. „Wir haben nur wenige Minuten. Die Anweisungen waren eindeutig. Man kann einen Körper nur nutzen, wenn er vor fünf oder weniger Minuten gestorben ist."

„Und drei Minuten sind schon um. Machst du es?"

Luna nickte.

„Aber ich weiß nicht, wo die Maschine ist."

„In meinem Schlafzimmer." Der König ließ ihren Arm los und drehte sich um, um sie zu holen, als die Tür aufging und Gustavo mit dem Arzt im Schlepptau hereinstürmte.

„Ich sagte ja, dass er nicht mehr lange leben würde." Gustavo schubste den Arzt näher zu dem toten Mann. Während der Doktor nach dem Puls fühlte, wandte sich Gustavo an den König. „Der Abgesandte fragt, ob du Rücksicht auf seine Reisemüdigkeit nehmen würdest. Er möchte, dass das Bankett eine halbe Stunde früher beginnt. Die Köche meinten, dass sie das schaffen würden, wenn du einverstanden wärst."

„Jaja. Kümmere dich schon mal darum."

„Es tut mir leid, das sagen zu müssen", sagte der Arzt, „aber dieser Fall ist jenseits meiner Möglichkeiten."

„Raus hier", schrie der König und versuchte, alle außer Luna zur Tür zu drängen.

„Aber Eure Majestät, man wird sich um den Mann kümmern müssen", protestierte der Doktor. „Er wird sonst zu einem hygienischen Problem."

Luna legte eine Hand auf den Arm des Königs und zog, um seine Aufmerksamkeit zu erregen. Er drehte sich widerwillig zu ihr um. Sie hob den Kopf und lächelte, so gut sie konnte. „Es ist zu spät", sagte sie und nickte zu der Uhr auf dem Kaminsims. Er sank sichtbar in sich zusammen und winkte dem Doktor, fortzufahren. Mit dem Rücken zum Zimmer starrte er aus dem Fenster und wartete, bis der tote Mann weggebracht worden war.

„Es wäre zu schön gewesen, um wahr zu sein." Er seufzte. „Begleitest du mich bitte zum Festessen? Es beginnt…" Er sah kurz auf die Uhr. „…in fünfundzwanzig Minuten. In deinem neuen Zimmer gibt es adäquate Garderobe.”

„Aber Herr, ich…”

„Kein Aber. Ich brauche dich vielleicht in deiner Funktion als Hofmechaniker.” Er drehte sich um und sah sie an. „Und ich brauche deine Unterstützung. Du hast es wohl nicht bemerkt, aber ich schätze deinen Rat sehr.”

„Also gut, ich komme.” Luna verbarg ihre Verlegenheit, indem sie sich herunterbeugte und ihrem Bruder zuwinkte. „Du kannst jetzt herauskommen.”

Mondo schüttelte den Kopf und duckte sich tiefer in sein Versteck.

„Lass ihn hier. Ich werde der Amme sagen, dass sie noch einmal auf ihn aufpassen soll.” Der König klatschte in die Hände, und sein Kammerdiener kam herein. „Bitte bringe Fräulein Luna auf ihr Zimmer.”

Luna staunte über das riesige Bett in dem übergroßen Zimmer. Das Bett war alleine so groß wie ihr altes Zuhause. Darin könnte sie Mondos Füßen leicht ausweichen, wenn er trat. Sie lächelte und wandte sich der großen Tür des begehbaren Kleiderschranks zu. Als sie öffnete, fand sie sich zwei Reihen Kleidern gegenüber. Sie starrte sie ungläubig an. Zu ihrer Rechten gab es zehn verschiedene Outfits, die für eine Mechanikerin geeignet waren: Lederleggings und Schürzen, stabile Stiefel, Leinenhemden und dicke Westen, aber auch Gürtel mit Taschen für Werkzeug. Zu ihrer Linken hingen drei Kleider, schöner als alle, die sie je gesehen hatte. Der zarte Stoff schimmerte im Licht einer Gaslampe, die von der Decke des Schranks herabhing. Ein Zettel steckte am Kragen des Leinenhemdes. Darauf stand: Die Sachen sind von meinem kleinen Bruder und meiner großen Schwester. Ich habe sie nach deinen Maßen ändern lassen. Hoffentlich passen sie.

Luna ließ die Finger über den Stoff der Kleider gleiten. Welches sollte sie wählen? Das Rote, das Blaue oder das Grüne? Sie passten alle gut zu ihren honigblonden Haaren. Nach langer Überlegung entschied sie sich für das Blaue. Als sie damit den Schrank verließ, wartete eine Kammerzofe auf sie. So wenig sie von der Idee angetan war, dass ihr jemand das Kleid anziehen sollte, war sie letztendlich sehr dankbar für die Hilfe. Es gab so viele Haken und Ösen und Bänder und Rüschen, die genau richtig ausgerichtet werden mussten, dass sie nicht gewusst hätte, wo sie anfangen sollte. Zwanzig Minuten später verpasste die Zofe Lunas kunstvoll aufgesteckter Frisur den letzten Schliff, als der König an ihre Tür klopfte.

Als er sie sah, klappte sein Mund auf, was trotz seines Schleiers zu erkennen war. Für eine Weile stand er wie angewurzelt und starrte sie an. Dann schloss er den Mund und sagte: „Ich wusste, dass du eine wunderbare Person bist, mit der ich gerne Zeit verbringe, aber ich hatte keine Ahnung, wie schön du bist." Er hielt ihr den Arm hin und drehte sich zur Tür. „Wollen wir?"

Die Gäste für das Bankett waren bereits alle in der großen Halle versammelt. Als der König mit Luna am Arm ankam, klatschten die Höflinge, bis er die Türen zum Esszimmer erreichte. Zwei Diener öffneten sie, und die Menge strömte mit dem König und Luna an der Spitze hinein. Luna unterdrückte das genervte Gefühl, als ein Diener ihr den hochlehnigen Stuhl zwei Plätze zur Linken des Königs zurechtrückte. Es würde dauern, sich an die ungewollte Fürsorglichkeit zu gewöhnen. Als Gustavo sich an die rechte Seite des Königs setzte, runzelte sie die Stirn. Sollte auf dem Platz nicht der Berater sitzen?

„Der alte Mann hat einen Hustenanfall", flüsterte Gustavo dem König laut genug zu, dass Luna es hörte.

„Hast du meine Amme gesehen? Ich will, dass sie sich um Lunas Bruder kümmert." Der König sprach, ohne Gustavo anzusehen.

Sein Hofsprecher zuckte mit den Schultern.

„Sie wird ihn finden. Da bin ich mir sicher. Ah, da kommen sie."

Alle, auch der König, erhoben sich. Luna beeilte sich, dem Beispiel zu folgen.

Der Botschafter, sie erinnerte sich nicht einmal daran, aus welchem Land er war, stolzierte herein wie ein Pfau. Sein breiter Bauch steckte in einer Tunika aus einem grünlich-blauen Stoff mit metallischem Glanz. Sie reichte bis zu seinen knotigen Knien und verdeckte dabei überraschend dünne Beine. Als er den Ehrenplatz zur Linken des Königs erreichte, verbeugte er sich und sagte einige Worte in einer fremden Sprache. Zu Lunas Überraschung kannte sie den Gruß. Ihre Mutter hatte oft in derselben Sprache geredet. Als der Botschafter weitersprach, hatte sie keine Schwierigkeiten, ihn zu verstehen.

„Unser König sendet sein tiefstes Beileid für den Verlust Eurer Brüder. Er versichert Euch, dass er sein Bestes tun wird, ihre Körper zu bergen." Der Botschafter verbeugte sich steif.

„Er hofft, dass es dir gut geht, und der übliche Scheiß." Gustavo übersetzte für den König. Er sprach eben laut genug, dass Luna ihn verstand.

Er log! Warum sollte er den König anlügen? Sicher wäre es furchtbar, wenn er auf diese Weise vom Tod seiner Brüder unterrichtet werden würde, aber es ihm vorzuenthalten, war falsch. Er musste es wissen. Zusammen mit dem Rest der Gäste setzte sich Luna wieder und nahm sich vor, ihm bei der nächsten Gelegenheit die Wahrheit zu sagen.

Es wurden ein paar Reden gehalten und der erste Gang serviert. Luna aß wenig und beobachtete den König während des Essens. Je länger sich der Abend dahinschleppte, desto schlapper fühlte sie sich. Das muss die langweiligste Pflicht eines Königs sein, dachte sie, als sie ihre Gedanken schon wieder beim Abschweifen erwischte. Sie sah kurz zum König hinüber, aber es schien nicht so, als wolle er bald gehen. Als sich ihre Augen zu schließen drohten, erhob sich der Botschafter endlich, verabschiedete sich und ging. Luna fand es schwer, aufzustehen. Erleichtert sank sie auf ihren Stuhl zurück, als sich der König wieder setzte. Was stimmte denn nicht mit ihr? Sie trank noch mehr Saft, den man ihr serviert hatte, da sie sich geweigert hatte, Wein zu trinken. Ihre Arme waren bleischwer, als sie ihren Pokal absetzte.

Gustavo beugte sich zum König und flüsterte ihm etwas zu. Dann stand er auf. Die Gespräche im Speisesaal verklangen sofort.

„Meine lieben Landsleute. Als besorgter Bürger habe ich etwas Wichtiges zu verkünden. Heute Nachmittag entdeckte ich, dass unser geliebter König…" Er riss dem König den Schleier vom Gesicht. „…durch eine Maschine ersetzt wurde."

Alle Anwesenden schnappten gleichzeitig nach Luft. Luna versuchte zu protestieren, aber ihr Körper gehorchte ihr nicht. Drogen! Warum hatte sie nicht früher bemerkt, dass sie betäubt werden sollte? Sie warf Gustavo einen ärgerlichen Blick zu, aber er sah sie nicht einmal an. Gustavo. Der Mann, der so getan hatte, als wäre er der beste Freund des Königs! Er musste das Loch zu Ende gesägt haben, das der Hofmechaniker angefangen hatte. Er hatte das Monster sabotiert. Es schien, als hätte er dieses seit einer ganzen Weile geplant. Viele Puzzleteile fielen an ihren Platz.

Das Testament... ein normaler junger Mann würde nicht daran denken, wegen einer abenteuerlichen Fahrt auf einem Prototyp ein Testament aufzusetzen. Die Art, wie der König sich auf dem Ausflug hatte verstecken müssen, hatte für ein Minimum an Zeugen garantiert und gleichzeitig die Zahl Menschen reduziert, die nach dem Unfall hätten helfen können. Es hatte nur an ihrer Sturheit gelegen, dass der König nicht am Straßenrand gestorben war.

Dann waren da noch die Abwesenheit des Beraters und der Amme – sie konnten bezeugen, dass der Maschinenmann, der schweigend dasaß, der rechtmäßige Erbe des Throns war. Bestimmt war der Arzt auch verschwunden. Sie war aus dem gleichen Grund betäubt worden, obwohl sie sich fragte, warum er sie nicht einfach getötet hatte. Er hätte es gleich nach dem Unfall tun können. Dann hätte er behaupten können, sie sei mit dem König auf dem Monster geritten, und niemand hätte nachgefragt.

Luna war sich sicher, dass Gustavo sogar noch mehr getan hatte. Wenn man bedachte, dass er die Beileidsbekundungen des Botschafters nicht übersetzt hatte, war es durchaus möglich, dass er auch die Geschwister des Königs getötet hatte. Luna kämpfte vergeblich gegen die Unfähigkeit, sich zu bewegen. Es war Gustavo gelungen, den König zu entthronen. Selbst wenn er nicht zum neuen Herrscher ernannt wurde, etwas, das Luna für sehr unwahrscheinlich hielt, konnte Vincente nicht auf seinen Thron zurückkehren.

„Ich schlage vor, dass wir diese Missgeburt in Ketten legen und den Schuldigen suchen, der ihn steuert." Gustavo winkte nach der Wache, als der König schlagartig zum Leben erwachte. Er schubste seinen ehemals besten Freund beiseite, schnappte sich Luna, warf sie über seine Schulter und schoss durch die Tür für Bedienstete im hinteren Bereich des Saals, ohne sie zu öffnen. Splitter flogen durch die Luft. Während sie den schwach beleuchteten Flur entlang rannten, wurde Luna auf dem unnachgiebigen Metall des königlichen Körpers auf und ab geworfen. Sie öffnete den Mund, um ihn anzuschreien, aber hatte keine Kontrolle über ihre Stimmbänder. Verdammte Drogen!

Da er mit ihr den halben Morgen das Schloss durchsucht hatte, fiel es dem König leicht, wenig benutzte Durchgänge zu finden, die ihm halfen zu entkommen. Zu Lunas Überraschung verließ er das Schloss nicht. Er eilte die Stufen hinauf und mehrere Flure entlang, bis er seine Gemächer erreichte. Er trat durch die Tür für die Bediensteten in sein Wohnzimmer und trug Luna bis in sein Schlafzimmer. Dann erst nahm er sie von der Schulter. Bevor er sie auf das Bett legen konnte, traf ihn etwas mit einem scheppernden Knall.

Da Luna sich nicht bewegen konnte, konnte sie ihren Fall nicht verhindern. Sie schlug lang auf dem harten Holzboden auf, und der schwere Körper des Königs landete auf ihr. Ihr Gesichtsfeld verschwamm, und sie wimmerte vor Schmerz. Vincentes Kopf rollte über den Boden. Seine Augen suchten ihren Blick. Als der Schmerz nachließ und Luna wieder sehen konnte, bemerkte sie Mondo, der sich unter dem Bett am anderen Ende zu einer Kugel zusammengerollt hatte. Ein Paar schmutzige Stiefel stampfte im Schlafzimmer des Königs herum. Ein Paar Stiefel, das sie nur zu gut kannte.

„Vater", versuchte sie zu sagen, aber ihren Lippen entkam nur ein Gurgeln. Die Stiefel traten ihr in die Rippen, und sie zuckte erneut zusammen. Es war wahrscheinlich am besten, ruhig zu bleiben – besonders wenn sie Mondo da raushalten wollte. Sie brauchte ihre ganze Klugheit, wenn sie ihn in Sicherheit wissen wollte.

Die Tür flog auf und Gustavo stürmte herein. So wie Luna gefallen war, das Gesicht halb zum Bett und halb zur Tür, konnte sie ihn gut sehen. Er starrte den kopflosen, mechanischen Mann an und ein Grinsen breitete sich auf seinem Gesicht aus.

„Du hast ihn erwischt. Gut gemacht! Die Idioten haben mich in dem Moment als ihren vorläufigen König akzeptiert, als sie den Körper meines Freundes sahen." Er trat den mechanischen Mann, der dadurch von Luna herunterrollte. „Es war eine gute Idee vom alten Berater, alles geheim zu halten."

„Gib mir meine Saphire." Ihr Vater ging zu Gustavo und kam somit in Lunas Blickfeld. Er streckte die Hand aus. „Sie sind nicht hier. Ich habe alles durchsucht."

„Ich weiß. Es hat lange gedauert, Vincente dazu zu bringen, mir zu sagen, wo sie sind." Gustavo kniete neben Luna und streichelte ihr Gesicht. „Du hast so eine schöne Tochter."

Luna konnte nicht einmal zurückschrecken und fluchte leise.

„Sie gehört dir, sobald ich meine Saphire bekomme." Ihr Vater stemmte die Hände in die Hüften. „Ich will sie jetzt."

„Bring sie in deine neue Wohnung, und ich hole die Saphire. Versorg sie gut, oder du siehst keinen einzigen Edelstein." Gustavo richtete sich auf.

Luna stieß einen Seufzer der Erleichterung aus.

„Bastard", flüsterte sie so leise, dass sie niemand hörte. Oh toll, ich kann wieder sprechen, dachte sie, als ihr Vater über sie hinwegstieg.

„Hey, lass den Kopf in Ruhe." Gustavos Stimme klang scharf.

„Er ist aus Messing und bringt ne Menge Geld ein. Besonders wenn ich ihn an einen Mechaniker verkaufe, der herauskriegen will, wie er funktioniert." Luna spürte, wie sich ihr Vater hinter ihrem Rücken zu Boden neigte.

„Berühre ihn und er brät dein Gehirn", sagte Gustavo.

Grunzend richtete sich der Vater wieder auf. Er hob Luna hoch und legte sie über seine rechte Schulter. Dann packte er einen Sack, der leise klirrte.

„Was ist da drin?" Gustavo legte seine Hand auf den Arm des Vaters. „Du kannst nichts mitnehmen, was man vermissen würde."

„Das ist meine Absicherung, falls du nicht auftauchst. Du kannst aber davon ausgehen, dass es niemand vermissen wird." Der Vater verlagerte Lunas Gewicht und ging zur Tür. „Es ist nur eins der Geräte deines Vaters, Roberto. Es lag einfach so rum."

„Ich heiße Gustavo. Er hat mir nie bewiesen, dass ich sein Sohn bin."

„He, er hat die Maschine für dich sabotiert."

„Und es nicht ganz durchgezogen. Ich schulde ihm gar nichts. Nun nimm das Zeug schon und verschwinde. Sofort!"

Plötzlich wurde Luna klar, dass er sie aus dem Schloss tragen wollte. Ihre Gedanken rasten. Da der König ausgeschaltet war, war die einzige Person, die sie um Hilfe bitten konnte, ihr kleiner Bruder. Aber sie musste es auf eine Art tun, die keinen Verdacht erregte. Und sie hatte nur eine Chance, denn ihr Vater hatte bereits die Tür zum Wohnzimmer geöffnet.

„Setz ihm den Kopf wieder auf", rief sie und hoffte, dass Mondo sich an die Gefahr erinnerte, die der Kopf darstellte.

Gustavo antwortete: „Netter Versuch, Kleine. Aber ich bin nicht so dumm, das zu tun."

Luna versuchte zu kämpfen, aber die Droge hatte noch nicht stark genug nachgelassen. Sie schloss den Mund und tat so, als würde sie schmollen. Gustavo durfte auf keinen Fall denken, sie hätte nicht ihn gemeint.

Langsam, aber ohne noch einmal anzuhalten, trug ihr Vater sie durch die Flügeltüren im Wohnzimmer und in den Garten hinaus, wo er einen schmalen Weg zwischen zwei geschnittenen Hecken nahm. Durch die Lücken im Blattwerk sah Luna Gustavo in Richtung des Pavillons eilen, wo sie das Ladegerät für den mechanischen König gebaut hatte. Sie fluchte leise. Es war so viel Arbeit gewesen, es zu verstecken. Hoffentlich würde er nur die Saphire nehmen und den Rest in Ruhe lassen. Wieso hatte der König nicht geahnt, dass Gustavo ihn verraten würde? Wenn er nur den Standort des Ladegeräts geheim gehalten hätte ... Sie rief sich zur Ordnung. Es half nicht, darüber zu lamentieren oder dem König die Schuld zu geben. Sie musste einen Weg finden zu entkommen – am besten mit den Saphiren, damit sie das Ladegerät reparieren konnte, bevor dem Körper des Königs die Kraft ausging. Ihr Vater bog ab, wodurch Luna kurz den Weg sehen konnte, den sie gekommen waren. Ihr stockte der Atem ... Mondo huschte hinter einen Baum, kaum fünfzig Yard hinter ihnen. Sie reckte den Hals und versuchte, zu sehen, was er vorhatte. Da war er wieder, huschte und glitt von einem Versteck zum nächsten. Es war schwierig, seinen Weg zu verfolgen, aber langsam ließ die Steifheit in ihrem Hals nach, sodass es wenigstens möglich war.

Als Mondo merkte, dass sie ihn sah, blieb er mitten auf dem schmalen Weg stehen und zeigte auf eine Lücke im Blattwerk. Ihr Blick folgte seinem ausgestreckten Finger, und ihre Augen wurden groß. Mit langsamen und ruckartigen Bewegungen kam der König den Weg entlang, den Gustavo genommen hatte. Der Kopf saß leicht schief auf seinen Schultern, aber er wurde mit jedem Schritt schneller. Luna entspannte sich. Mit seiner Stärke auf ihrer Seite würde sie nicht lange gefangen sein. Sie tat so, als würde die Droge noch genauso gut wirken wie zuvor, und erlaubte ihrem Vater widerstandslos, sie durch den Garten und durch eine versteckte Tür in der Mauer zu den ärmeren Vierteln der Stadt zu tragen.

Kurzerhand ließ ihr Vater sie auf den schmutzigen Boden des Zimmers fallen, das er sich in einem dubiosen Gasthaus gemietet hatte. Luna wusste spätestens, dass es zwielichten Gesellen gehörte, als niemand auch nur blinzelte, während ihr Vater, ein unbewegliches Mädchen auf der Schulter, eine Flasche Bier bestellte. Ihr Vater schleifte sie über den Boden und setzte sie in einer Zimmerecke aufrecht hin. Luna wartete, bis er es sich mit seinem Bier auf dem Bett bequem gemacht hatte, bevor sie sich umsah. Inzwischen konnte sie ihren Kopf und die Schultern bewegen.

Zu ihrer Überraschung saßen drei weitere unbewegliche Körper neben ihr. Alle drei hatten Kartoffelsäcke über den Köpfen und waren fest mit Seilen umwickelt. Sie erkannte die königliche Amme an ihrem Kleid und den Berater an seinen dürren Beinen. Deshalb musste die dritte Person der Arzt sein. Es schien, als wäre ihr Vater ausnahmsweise mal ziemlich beschäftigt gewesen. Immerhin atmeten die drei noch. Sie fragte sich, warum niemand sprach. Waren sie verletzt?

„Heh", rief sie ihnen zu und wünschte, sie könnte den Fuß ausreichend bewegen, um die Amme anzustupsen, die ihr am nächsten saß. „Alles in Ordnung?"

„Den Umständen entsprechend." Die Amme versuchte, sich aufzurichten, was aber nicht klappte. „Wer sind Sie und warum sind wir entführt worden?"

„Klappe halten oder ich werd böse", sagte Lunas Vater mit gefährlich leiser Stimme. Jemand klopfte an die Tür. Widerwillig stand der Vater vom Bett auf, kippte den Rest Bier hinunter und ging, um zu öffnen. Es war die Bardame.

„Hey, Süße, komm herein. Eine Schönheit wie du ist mir immer willkommen." Trotz seiner Einladung blockierte Lunas Vater den Blick ins Zimmer. Luna konnte dennoch genug sehen, um zu erkennen, dass das Mädchen recht füllig war. Und sie kicherte künstlich.

„Ihr dürft mir doch keine Komplimente machen, Herr", sagte sie.

„Ich besorg es dir bald noch ganz anders. Warte nur." Der Vater beugte sich ein Stück vor, aber das Mädchen wich zurück.

„Ich habe keine Zeit zum Trödeln", sagte sie. „Ich kam nur herauf, um Ihnen zu sagen, dass unten jemand auf Sie wartet."

„Groß, gut aussehend, braune Haare?"

„Sehr gut aussehend." Sie machte eine Pause wegen der Wirkung. „Und sehr gut gekleidet."

„Der ist jenseits deines Standes, süßes Kind." Lunas Vater trat durch die Tür und schloss sie hinter sich. Das Klicken eines Schlüssels hallte durch das Zimmer.

Sofort kämpfte Luna gegen die Droge in ihrem Körper, so gut sie konnte. Sie hob die Hände und Füße um wenige Zoll, weil sie wusste, dass sie schneller abgebaut werden würde, je mehr sie sich bewegte. Zur gleichen Zeit erklärte sie ihren Mitgefangenen, was beim Bankett geschehen war.

„Ich wusste, dass man Gustavo nicht vertrauen kann", sagte der Berater. „Das war der Grund, warum ich das Testament nach dem Unfall ignoriert habe, als er es vorlegte."

Die Amme schnaufte.

„Ich frage mich, warum er überhaupt dachte, dass er es brauchen würde. Jeder, der Augen hat, sieht, dass er der Vetter des Königs ist."

„Der Vetter des Königs?" Lunas Augen weiteten sich vor Überraschung.

„He, Luna. Bis du da drin?" Mondos Stimme war zwar leise, aber deutlich. Er musste im Nebenzimmer sein. Da sie inzwischen ihren Oberkörper und die Arme bewegen konnte, drehte sich Luna um und fand einen Spalt zwischen den Brettern, die die Zimmer trennten. Das Auge ihres Bruders guckte hindurch.

„Hol den König, Mondo. Sag ihm, er soll sich beeilen."

„Ich hab ihn repariert. Ganz allein. Ich werde genauso ein guter Mechaniker wie du."

„Das hast du sehr gut gemacht. Pass aber auf, dass Vater dich nicht sieht, wenn du gehst."

„Er ist schon fast betrunken. Hat sich eine ganze Flasche Schnaps gekauft. Er wird jede Minute mit diesem bösen Kerl zurück sein. Ich gehe besser und guck nach, wo dieser Roboter bleibt."

Luna öffnete den Mund, um ihm zu sagen, dass der König kein Roboter war, aber er war schon weg. Als sie schwere Schritte vom Korridor hörte, setzte sie sich so hin, dass es aussah, als hätte sie sich nie bewegt. Die Tür ging auf und ihr Vater und Gustavo kamen herein.

„Ich hab ja versprochen, dass ich sie alle kriege." Der Vater zeigte auf seine Gefangenen. „Jetzt bezahl mich."

Gustavo zog einen Beutel aus dem Gürtel und leerte ihn auf dem Bett aus. Die Saphir-Rosen funkelten, obwohl sehr wenig Licht durch das verrußte Fenster fiel. Mit einem Freudenschrei stürzte ihr Vater zum Bett, nahm einen großen Schluck aus seiner Flasche und fuhr mit den Fingern durch den Reichtum. Luna war klar, dass ihn die Leute in seinem Zimmer nicht mehr interessierten. Gustavo warf ihn herum und drückte ihm ein Messer in die Hand.

„Du bist bezahlt worden, jetzt töte sie."

„Du willst, dass sie sterben?" Lunas Vater runzelte die Stirn. „Eine von ihnen ist meine Tochter."

„Sie wissen, wer wir sind, und was wir getan haben. Wir können sie nicht leben lassen. Aber ich werde mir ein wenig Spaß mit deiner Tochter gönnen. Sie ist wirklich aufreizend schön." Gustavo ließ seinen Blick für eine Weile auf Luna ruhen. Sie fühlte sich, als wäre sie kopfüber in eine Grube gefüllt mit Schleim gefallen. Sie schauderte.

Der Vater nahm wieder einen großzügigen Schluck aus seiner Flasche. Seine Stimme begann, undeutlich zu werden.

„Nee, ich bring se nich um. Ich bin kein Mörder. Mach es selbst." Er drehte sich zurück zum Bett, und Luna seufzte erleichtert. Irgendwie wäre alles noch schlimmer gewesen, wenn ihr eigener Vater versucht hätte, sie zu töten.

„Feigling." Gustavo bückte sich und zog den Arzt näher zu sich heran.

Die Tür flog krachend auf und der König marschierte herein. Sein Kopf saß immer noch etwas schief. Mit einem einzigen Schritt durchquerte er das Zimmer und trat das Messer aus Gustavos Hand. Es landete vor Lunas Füßen, aber sie war immer noch nicht in der Lage, es zu nehmen, obwohl sie ihre Beweglichkeit langsam zurückgewann. Eine Flasche krachte auf Vincentes Kopf. Er drehte sich um und grub seine Faust in das Gesicht von Lunas Vater. Blut spritzte in alle Richtungen. Der Vater ging zu Boden. Sein Gesicht war eingedrückt. Er starrte bewegungslos zur Zimmerdecke hinauf, offensichtlich tot. Vincente drehte sich zu Gustavo zurück, der nach dem Messer griff, und stieß ihn beiseite. Ein kleiner Körper flitzte an den beiden vorbei, schnappte sich das Messer und begann, die Fesseln der Amme durchzuschneiden.

Vincente ignorierte Mondo und beugte sich zu Luna hinunter. „Bist du in Ordnung?"

Sie nickte.

Ein metallisches Krachen schleuderte ihn vorwärts, und er musste sich an der Wand abstützen, um Luna nicht zu zerquetschen. Er drehte sich um und stand Gustavo gegenüber, der jetzt eine Holzkeule schwang. Dem Aussehen des Bettes nach, hatte er eines der zittrigen Beine abgerissen.

„Du wirst meine Pläne nicht verderben, Vincente." Er schwang die Keule. Der König wich ihr im letzten Moment aus. Während sich die zwei Männer vorsichtig umkreisten, befreite Mondo die Arme der Amme und machte sich an den Fesseln des Beraters zu schaffen. So gut sie konnte, half Luna der Amme, Beine und Kopf zu befreien. Es tat ihnen beiden gut. Bald begann die Amme, die Fesseln des Arztes aufzuknoten, und Luna spürte ihre Beine wieder. Sie waren zwar noch etwas taub, aber es würde gehen.

„Aufladung erforderlich", kündigte die metallische Stimme vom Rücken des Königs an. „Energieverwendung im Grenzbereich. Funktionen werden abgeschaltet."

Besorgt bemerkte Luna, dass Vincentes Bewegungen ruckartiger wurden, als die beiden Gegner umeinander herumtanzten. Gustavo führte einen anderen Angriff auf den König, und seine Gefangenen nutzten die Gelegenheit, um zur Tür zu eilen. Luna konzentrierte sich darauf, Mondo abzuschirmen. Deshalb sah sie die Keule nicht. Sie prallte von Vincentes metallischer Haut ab und krachte gegen ihren linken Arm. Heißer Schmerz durchfuhr sie. Sie stolperte gegen ihren Bruder. Der Arm pulsierte, und sie kämpfte gegen die aufsteigende Übelkeit an. Mondo ließ das Messer fallen, um sie zu stützen.

Mit einem triumphierenden Schrei tauchte Gustavo ab, packte das Messer und stieß Mondo zur Seite. Er warf einen Arm um Luna, zog sie an sich und presste die Spitze des Messers an ihre Kehle.

„Bleib genau da stehen, Vincente. Und ihr…", Er wandte sich halb zur Tür, wo die Amme, der Berater und der Arzt erstarrt standen. „Ihr kommt sofort zurück und setzt euch an die Mauer."

Luna schloss ihre Augen, um nicht zu spucken. Dem Schmerz nach war ihr Arm gebrochen. Metall quietschte.

„Einen Schritt näher und sie stirbt." Das Messer schnitt in ihre Haut, aber verglichen mit dem Pulsieren in ihrem Arm war es nichts. Durch den Nebel aus Schmerz und Schwindel bestand eine Stimme in ihren Gedanken darauf, dass sie die Situation zu ihrem Vorteil nutzen sollte.

„Der Nachteil eines mechanischen Körpers ist, dass er wirklich schwer zu töten ist", sagte Gustavo und schleifte sie dichter zum König. „Also, wie mach ich das?" Als Luna nicht antwortete, schüttelte er sie. Wellen aus Schmerz wallten durch ihren Körper. Plötzlich wurde ihr klar, was die Stimme in ihren Gedanken meinte. Sie hörte auf zu kämpfen und ließ sich in die angenehme Schwärze fallen.

Als sie zu sich kam, kniete Mondo an ihrer Seite. Sie sah sich nach den Männern um und fand Vincente und Gustavo in einem heftigen Kampf. Der mechanische Mann hatte beide Arme um seinen früheren Freund gelegt und presste das Leben aus ihm heraus, während Gustavo das Metall zerhackte, um an das hydraulische System darunter zu kommen. Er atmete immer angestrengter mit gelegentlichen Aussetzern.

Mit einem Wutschrei stieß er das Messer durch den Kiefer seines Gegners in den Schädel. Der gezähmte Blitz schoss die Klinge entlang und sprang über die kleine Lücke, die der Holzgriff darstellte. Gustavo wurde von der Energie, die durch seinen Körper raste, durchgeschüttelt.

„Permanenter Defekt, perma…" Die mechanische Stimme erstarb.

Beide, Vincente und Gustavo, sanken leblos zu Boden.

„NEIN!" Trotz der Schmerzen in ihrem Arm und trotz der Funken, die immer noch über dem Körper des Königs flackerten, robbte Luna zu ihnen hinüber. An dem betäubenden Schmerz in ihrem Herzen vorbei schrie die winzige Stimme in ihren Gedanken immer wieder: „Fünf Minuten!" Aber Luna war zu schwer verletzt, um auf sie hören zu können.

Tränen liefen ihr über die Wangen. Sie wischte sie nicht ab. Mit einer Hand prüfte sie den Schaden, so gut sie konnte. Er war nicht zu reparieren. Wenn der letzte Funken des gezähmten Blitzes fort war, würde der König sterben. Schluchzen schüttelte ihren Körper wie ein Schluckauf. Vincente durfte nicht tot sein. Wie sollte sie ohne ihn leben? Wenn es nur einen Weg geben würde, ihn zu retten. Sie hätte ihr Leben nur zu gerne für seines gegeben. Sie löste die Finger des toten Mannes von dem Messer und zog es aus dem Schädel.

Funken flogen, und Vincentes mechanische Augenlider bewegten sich. Er versuchte, etwas zu sagen, aber seine Stimme knisterte zu stark.

Lunas Herz hüpfte. Noch war etwas Energie übrig. Vielleicht hatte sie doch eine Chance. Ihr Blick huscht durch das Zimmer. Die Amme hing in den Armen des Beraters wie ein schlaffer Kartoffelsack, und der Doktor kümmerte sich um sie. Luna ignorierte sie. Sie brauchte irgendetwas, womit sie Vincentes

Verstand aus dem mechanischen Mann herausbekommen konnte. Schließlich hatte sie den Gedankentauscher des Hofmechanikers lang genug studiert. Mit den richtigen Materialien konnte sie ihn bestimmt nachbauen. Ihr Verstand weigerte sich, die Tatsache anzuerkennen, dass ihr zu wenig Zeit blieb. Nur drei Minuten, bevor Gustavos Körper nicht mehr verwendet werden konnte.

„Mondo, gib mir Vaters Beute." Luna zeigte auf den Kartoffelsack auf dem Bett. „Vielleicht ist da etwas drin, das wir benutzen können, um den König zu retten." Mondo gehorchte wortlos, aber Luna hörte den Berater mit dem Arzt flüstern.

„Der Tod seiner Majestät wird das Land ins Chaos stürzen, insbesondere wo seine Geschwister nicht mehr leben und der einzige erwachsene Verwandte aus offensichtlichen Gründen nicht in Frage kommt."

Luna ignorierte das Geflüster und befahl Mondo, den Sack auszuleeren.

„Jawoll!" Ein Stoßseufzer entkam ihr, als sie merkte, dass ihr Vater den Gedankentauscher gestohlen hatte. Sie musste ihn nicht nachbauen. So schnell sie konnte und mit Mondos Hilfe, befestigte sie ein Ende an Gustavos Kopf und das andere Ende am mechanischen Schädel. Jeder ihrer Herzschläge zählte die verbliebenen Sekunden. Mit fliegenden Fingern stellte sie die Zeiger der Zifferblätter auf die Zahlen, an die sie sich aus dem Handbuch erinnerte. Ihre Hände zitterten so stark, dass sie den Schalter zuerst nicht drehen konnte. Mit letzter Kraft drückte sie zu. Das vertraute Summen des gezähmten Blitzes füllte das Zimmer und betonte ein klickendes Geräusch, das einer Großvateruhr ähnelte. Knistern und Zischen begleitete beides.

„Wenn es eine Gottheit gibt: Bitte lass ihn leben", flüsterte Luna und hielt die Luft an.

Eine mechanische Stimme kam vom Gedankentauscher.

„Empfangsgefäß akzeptabel. Das Herunterladen beginnt."

Das Klicken wurde lauter. Ein Schluchzen der Amme ließ Luna aufblicken. Die Frau war zu sich gekommen, aber zu schwach, um sich zu bewegen. Sie starrte den leblosen, mechanischen Mann an, und Tränen strömten über ihr Gesicht. Der Doktor tätschelte ihre Hand.

„Das Mädchen tut sein Bestes, um ihn zu retten", flüsterte er. „Geben Sie die Hoffnung nicht auf."

Jedes seiner Wörter wurde von einem Klicken der Maschine begleitet. Alle schwiegen, und nur das Klicken blieb.

Dann hörte es auf. Für einen Sekundenbruchteil füllte nicht ein einziges Geräusch das Zimmer. Aber ihre hoffnungsvolle Erwartung hing in der Luft wie ein gezähmter Blitz. Obwohl ihre Lungen nach Luft schrien, wagte Luna nicht zu atmen.

Ein langer Seufzer hallte durch das Zimmer. Die Augenlider des toten Mannes flatterten und öffneten sich. Sein Blick suchte herum, bis er Luna fand. Ein Lächeln breitete sich auf seinem Gesicht aus, und er hob die Hand, um ihre Wange zu streicheln.

„Ich lasse nie wieder zu, dass man dich entführt", flüsterte er. Er griff nach seinen Rippen. „Mann, warum tun die so weh?"

Luna drohte, vor Glück zu explodieren, und sie kämpfte darum, ruhig zu bleiben. Stolz darauf, dass ihre Stimme nicht zitterte, sagte sie: „Erstens bin ich kein Mann. Und zweitens hat dein früherer Körper diesem hier wahrscheinlich ein paar Rippen gebrochen."

Vincente sah seinen neuen Körper an, und sein Unterkiefer fiel herab. Er bewegte sich mehrmals auf und ab, als wolle er etwas sagen, aber kein Wort kam über seine Lippen.

„Vinnie!" Die Amme legte den Abstand zwischen ihnen in Rekordzeit zurück und erstickte den König beinahe mit Küssen und Umarmungen. „Oh, mein süßer, kleiner Vinnie."

Er wand sich. Das Bild des früheren Gustavos in der Umarmung der massigen Frau war so lustig, dass Lunas Freude überkochte. Zuerst kicherte sie, dann lachte sie. Die anderen fielen ein. Ihre Erleichterung war deutlich zu spüren. Luna lachte, bis ihr das Gesicht und die Seiten wehtaten.

Schließlich befreite sich der König. Er griff nach Luna.

„Du hast mich schon wieder gerettet." Seine Augen waren dunkle Löcher, die sie zu verschlingen drohten. Sie versuchte wegzusehen, konnte es aber nicht.

„Und das Beste ist", sagte die Amme, „dass du König bleiben kannst."

Vincente drehte sich um und runzelte die Stirn.

„Wie kommt's?"

„Gustavo ist der Sohn vom Bruder deines Vaters, der vor vielen Jahren verschwand. Ich half seiner Mutter bei der Geburt, weil doch ihr Mann fehlte, und so. Es war aber nur für vierzehn Tage. Dann wurdest du geboren, sodass ich meine Pflicht erfüllen musste. Sie verließ das Königreich wenig später, um ihren Mann zu suchen."

„Wie kannst du so sicher sein, dass es Gustavo ist?"

„Na ja, der verstorbene Hofmechaniker war dein verschollener Onkel. Das hat er selbst zugegeben, als ich ihn fragte. Er war fortgegangen, weil er lieber Mechaniker werden wollte. Und Gustavo war sein Sohn. Er hieß eigentlich Roberto, was er aber nicht wusste. Er ähnelt deinem Onkel wirklich sehr. Und außerdem hatte er dieses winzige Muttermal hinten am Hals, genau wie das Baby deiner Tante." Die Amme streichelte seine Wange und strahlte ihn an. „Du wirst immer mein kleiner König sein. Obwohl ich zugeben muss, dass ich mich an deinen neuen Körper erst einmal gewöhnen muss."

„Was uns zu der Tatsache zurückbringt, dass ich dir noch nicht gedankt habe." Der König drehte sich wieder zu Luna um und nahm ihre rechte Hand in seine.

Ihre Finger prickelten, ihr Atem stockte und sie konnte sich nicht bewegen. Ihr ganzer Körper tat weh, und sie wusste nicht warum. Durch die Art, wie Vincente sie ansah, wusste sie, dass er bis in ihre Seele blickte. Sie konnte nichts vor ihm verstecken. Sie öffnete den Mund, um etwas zu sagen, aber er war schneller. Mit einem kleinen Ruck zog er sie an sich und presste seine Lippen auf ihre.

Etwas explodierte und nahm die Welt um sie herum mit. Nur Vincente existierte noch. Sie warf ihren gesunden Arm um ihn und küsste ihn mit aller Kraft. Er stöhnte und zog sich etwas zurück.

„Meine Rippen", flüsterte er.

„Entschuldigung." Sie ließ ihn nur widerwillig gehen.

„Die werden mit der Zeit besser." Er küsste sie wieder. „Ich will den Rest meines Lebens mit dir verbringen. Gibst du mir die Ehre, meine Königin zu werden?"

Ihre Antwort war ein langer, aber vorsichtiger Kuss.

BONUS: DIE RÄUBER UND DER TEUFEL
angelehnt an „Die Bremer Stadtmusikanten"

„So, du kommst also, um dich zu stellen? Warum?" Jürgen Werner, der Stadtvogt betrachtete den dürren Jungen vor sich und runzelte die Stirn. Er konnte nicht viel älter sein als sein eigener Sohn. Fünfzehn Sommer höchstens. Sein Gesicht war beinahe so blass wie die weiß getünchten Mauern seines Büros.

„Ich bin ein Räuber." Der Blick des Jungen huschte herum, als erwartete er jeden Augenblick einen Angriff. „Ich gehöre zu Rotbarts Bande. Sie müssen mich einsperren."

„Das behauptest du, aber kannst du es auch beweisen? Ich werde niemanden, der so jung ist wie du, ohne eindeutige Beweise verhaften." Vogt Werner glättete ein Stück Papier auf seinem dunklen Eichenholzschreibtisch und nahm eine Feder, um die Aussage des angeblichen Verbrechers aufzuschreiben. „Als Mitglied seiner Bande weißt du bestimmt, wo er sich versteckt, nicht wahr?"

Der Bub zitterte.

„Wahrscheinlich in der Hölle."

Werner hob ruckartig den Kopf.

„Er ist tot?"

„Weiß ich nicht genau." Der Junge schlang die Arme um sich. „Aber mit diesem … Etwas auf den Fersen ist das sehr wahrscheinlich."

„Mein Junge." Werner seufzte verzweifelt. „Könntest du bitte am Anfang beginnen? So macht deine Geschichte keinen Sinn."

Der Junge nickte und schniefte.

„Vor ein paar Tagen schnappte mich Rotbart, als ich einen Laib Brot von einem Gerber in Varenheide stahl. Er nahm mich in sein Versteck im Wald mit. Das war der erste warme Ort, an den ich in den letzten Jahren eingeladen wurde. Die Speisekammer war voll mit Brot, Rehfleisch, Käse, und sogar Butter. Und es gab warme Kleidung." Er befingerte den etwas zu großen Kittel, den er über seiner zu kurzen Kniebundhose trug. „Also bin ich der Bande beigetreten. Ich habe in meinem ganzen Leben nicht so viel gegessen wie in dieser ersten Nacht. Am nächsten Morgen begann Rotbart …"

„Moment mal. Wie viele Mitglieder hat seine Bande?" Werner tauchte seine Feder erneut in die Tinte.

„Ohne mich? Rotbart, den einäugigen Hans, Franzl, und den dummen Hans." Der Junge zählte sie an den Fingern ab und hielt dann seine Hand hoch. „Vier."

Werner schrieb die Namen mit elegantem Schwung. „Erzähl weiter, Junge."

„Wie ich schon sagte, begannen wir am nächsten Morgen mit den Vorbereitungen zu unserem nächsten Raub. Es sollte meine Einführung werden. Ich hatte ein schlechtes Gewissen, aber das verging bei dem Gedanken an eine warme Unterkunft und das Essen auf dem Tisch. Wir planten den Raub und beobachteten unser Ziel drei Tage lang, dann waren wir bereit. Wir aßen früh zu Abend. Da passierte es." Er umklammerte sich stärker und schaukelte den Oberkörper vor und zurück, bis der Stuhl knarrte, auf dem er saß.

„Was ist passiert?" Etwas hatte diesen Jungen eindeutig eingeschüchtert. Werner legte ihm die Hand auf die Schulter. Er sprach mit sanfter Stimme: „Wenn es etwas ist, das Bremen gefährden könnte, muss ich es wissen."

„In dieser Nacht kam der Teufel", flüsterte der Junge.

„Der Teufel? Ist das nicht etwas übertrieben?"

„Es war der Teufel. Ich schwör's!" Die Augen des Knaben füllten sich mit Tränen, und er starrte Werner an, als hinge sein Leben davon ab, dass ihm der Vogt glaubte. „Ich schwöre bei allem, was mir heilig ist, bei meiner unsterblichen Seele und beim Grab meiner Mutter. Ich hab den Teufel gesehen."

Der Schwur des Jungen schnitt in Werners Herz wie ein Messer. Er begann zu zittern. Würde er in der Lage sein, die Stadt zu schützen, wenn der Teufel selbst zu Besuch käme?

„Kein Zweifel?" Seine Stimme war rau.

Der Junge schüttelte den Kopf.

„Wie sah er aus?" Angst, Anspannung und Neugier beherrschten Werners Gefühle.

„Er war riesig, ein schwarzer Schatten bis zum oberen Rand des Fensters oder noch höher. Und seine Stimme…" Der Junge presste die Hände auf die Ohren, als hätte er das Geräusch noch immer im Kopf. „Ich werde nie vergessen, wie er uns seine Wut entgegenschrie."

„Ich verstehe. Kannst du dich an Einzelheiten erinnern? Sein Gesicht oder seine Kleidung?" Trotz seines schwer klopfenden Herzens hielt sich Werner an die übliche Routine. Es war wichtig, dass er eine möglichst gute Beschreibung des Teufels bekam. Das Leben seiner Männer konnte davon abhängen.

„Als der Teufel durch unser Fenster sprang, zerbrach die Laterne und das Licht ging aus. Im Halbdunkel war nicht viel zu erkennen. Aber das, was ich sah, war mehr als genug."

Wieder musste Werner den Arm auf die Schulter des zitternden Jungen legen, um ihn zu beruhigen. Erst dann brachte er den Mut auf, die Kreatur aus seinem Alptraum zu beschreiben.

„Seine Haare waren wie Federn. Nicht die weichen Daunen, sondern die harten, scharfen Klingen eines Hahns. Er hatte mehrere Schwänze, mit denen er uns schlug. Und vorne gab es etwas Hartes, vielleicht verfilztes Haar oder einen eingeflochtenen Knochen eines Opfers. Ich konnte es nicht genau sehen. Damit griff er den einäugigen Hans an, bis das Gesicht des Mannes von blauen Flecken übersät war. Das hab ich aber erst später gesehen.

Die Augen des Teufels waren winzig, aber sie leuchteten in einem unheimlichen Grün. Sie waren geschlitzt und weiteten sich, um mich zu verschlingen. Also versteckte ich mich, so gut es ging, hinter einem Bettvorhang. Vielleicht hab ich geweint. Der Teufel hatte auch Klauen, wo eigentlich die Ohren hätten sein müssen. Als Rotbart versuchte, ihm eine Keule auf den Kopf zu schmettern, riss sich der Kopf vom Köper los und zerkratzte unserem Anführer das Gesicht. Aus Geschichten, die ich über Rotbart gehört hatte, wusste ich, dass er schon viele Männer getötet hatte, aber da schrie er wie ein kleines Mädchen. Ich habe noch nie jemanden so schnell rennen sehen.

Das Teil unterhalb des Teufels-Kopfes war seltsam. Nicht wie ein normaler Hals oder Schultern. Es hatte mindestens vier Arme, die aber keine Hände zu haben schienen. Stattdessen war da ein Maul mit sehr scharfen Zähnen, die nach allem und jedem schnappten. Als mir das auffiel, hatte sich der Teufel bereits in mehrere Teile gespalten, aber ich weiß nicht, in wie viele. Aus meinem Versteck sah ich, wie Franzl seine Waffe fallen ließ und um sein Leben rannte. Der dumme Hans wurde von den Hufen des Teufels erwischt und flog durch die Hütte wie eine Stoffpuppe. Er krachte gegen mich und meinen Vorhang, und wir fielen zu Boden. Da jetzt alle Teile des Teufels auf uns zukamen, flüchtete ich, so schnell ich konnte. Hans war mir dicht auf den Fersen, aber mit seinen gebrochenen Rippen war er viel langsamer. Wir fanden die anderen auf einer Lichtung in der Nähe.

Nach einiger Zeit beschloss Rotbart, zurückzugehen und den Teufel zu töten. Beide Hänschen und Franzl versuchten, ihn zurückzuhalten. Mir war das egal. Ich hatte mich in einer Höhle unter einer Baumwurzel zusammengerollt und wollte nie wieder herauskommen. Aber Rotbart packte mich am Kragen und zog mich hoch, als ob ich gar nichts wiegen würde. Er schleifte mich zum Haus. Da sollte ich darauf achten, ob Dämonen kämen. Ich sah mindestens eine Million davon zwischen den Bäumen, aber traute mich nicht, auch nur ein Wort zu sagen. Wenn ich's geschafft hätte, wären die Dinge vielleicht anders ausgegangen." Seine Stimme verklang.

Von der Erzählung gefesselt, beugte sich Werner vor und tätschelte die Hand seines Gegenübers. Er versuchte eine Zuversicht auszustrahlen, die er selbst nicht verspürte.

„Hier bist du sicher. Solange ich lebe, lasse ich nicht zu, dass dir Rotbart oder der Teufel wehtun."

Hoffnung flackerte in den Augen des Jungen auf.

„Ich hab mir in die Hose gemacht. Wie ein kleines Kind."

„Das wäre mir wahrscheinlich auch so gegangen." Werner versuchte, den Jungen zu beruhigen.

„Den Kampf zwischen Rotbart und dem Teufel konnte ich nicht sehen, aber er muss fürchterlich gewesen sein. Die Schreie … es krachte und schepperte und donnerte. Das war zu viel. Ich nahm Reißaus. Keine Ahnung, ob Rotbart lebend davongekommen ist. Ich rannte an Hans, Franzl und Hans vorbei, rief ihnen eine letzte Warnung zu und blieb nicht stehen, bis ich dieses Büro erreichte."

„Das hast du richtig gemacht." Werner betrachtete den Jungen eine Weile. Er würde seine Hilfe brauchen, um den Weg zum Haus im Wald zu finden. Nur so würden er und seine Leute die Ereignisse überprüfen können. Aber einsperren konnte er ihn nicht. Abgesehen von ein paar Lebensmitteln hatte der Junge nichts gestohlen, und nach diesem Erlebnis würde er bestimmt nie wieder irgendetwas tun, das auch nur entfernt strafbar wäre. Außerdem brauchte er offensichtlich Fürsorge, etwas, mit dem Werners Frau ihren widerwilligen Sohn überschüttete. Vielleicht würde dieser Junge die Spannung zwischen den beiden mildern. Er lächelte den Jungen an. „Ich möchte, dass du für eine Weile bei mir und meiner Familie bleibst", sagte er. „Wie heißt du?"

DAS ORIGINAL: DIE SCHÖNE UND DAS BIEST
Charles Perrault

Es war einmal ein Kaufmann, der überaus reich war. Er hatte sechs Kinder: drei Söhne und drei Töchter, und weil dieser Kaufmann ein vernünftiger Mann war, so scheute er keine Kosten bei der Erziehung seiner Kinder und hielt ihnen allerlei Lehrmeister. Seine Töchter waren alle sehr schön, vornehmlich aber wurde die jüngste bewundert, und man nannte sie nur, als sie klein war, das schöne Kind. Diesen Namen behielt sie, und das erregte bei ihren Schwestern viel Eifersucht.

Diese jüngste, welche schöner war als ihre Schwestern, war auch besser als sie. Die beiden ältesten besaßen viel Hochmut, weil sie reich waren. Sie spielten die vornehmen Frauen und wollten die Besuche der anderen Kaufmannstöchter nicht annehmen. Sie mussten Standespersonen zu ihrer Gesellschaft haben. Sie gingen alle Tage auf den Ball, in die Komödie, in die Gärten spazieren und hielten sich über ihre jüngste Schwester auf, welche den größten Teil ihrer Zeit auf das Lesen guter Bücher wandte.

Weil man wusste, dass diese Mädchen sehr reich waren, so hielten viele große Kaufleute um sie zur Ehe an. Die beiden ältesten aber antworteten, sie wollten sich nicht verheiraten, sofern sie nicht einen Grafen oder wenigstens einen Baron fänden. Die Schöne (denn ich habe Ihnen schon gesagt, dass die jüngste diesen Namen führte), die Schöne, sagte ich, dankte denjenigen sehr höflich, die sie heiraten wollten, sie sagte aber zu ihnen, sie wäre noch gar zu jung und wünschte, ihrem Vater noch einige Jahre Gesellschaft zu leisten.

Auf einmal kam der Kaufmann um sein Vermögen, und er behielt nichts übrig als ein kleines Landgut, sehr weit von der Stadt. Er sagte unter Tränen zu seinen Kindern, sie müssten auf dieses Gut ziehen, und sie könnten daselbst leben, wenn sie wie die Bauern arbeiteten. Seine beiden ältesten Töchter antworteten: sie wollten die Stadt nicht verlassen, sie hätten viele Liebhaber, die noch gar zu glücklich sein würden, wenn sie sie heirateten, obwohl sie kein Vermögen mehr hätten. Die guten Jungfern betrogen sich. Ihre Liebhaber wollten sie nicht mehr ansehen, als sie arm waren.

Weil ihnen niemand, wegen ihres Stolzes, gut war, so sagte man: „Sie verdienen nicht, dass man sie beklagt; es ist uns sehr lieb, dass man ihren Hochmut gedemütigt sieht; sie mögen nun hingehen und die vornehme Frau spielen, wenn sie die Schafe hüten."

Zu gleicher Zeit aber sagte jedermann: „Was die Schöne betrifft, so geht uns ihr Unglück sehr nahe; sie ist ein gutes Mädchen. Sie sprach mit den armen Leuten sehr gütig, sie war sehr leutselig, sehr höflich. Es fanden sich sogar viele Edelleute, die sie heiraten wollten, obwohl sie keinen Heller besaß. Sie sagte aber zu ihnen, sie könnte sich nicht entschließen, ihren armen Vater in seinem Unglücke zu verlassen, und sie wollte ihm auf das Land folgen, um ihn zu trösten und ihm arbeiten zu helfen."

Die arme Schöne war anfänglich sehr niedergeschlagen darüber gewesen, dass sie ihr Vermögen verloren hatte, sie hatte aber zu sich gesagt: „Wenn ich auch noch so sehr weine, so wird mir das doch nicht mein Gut wieder herbeischaffen. Man muss sich bemühen, ohne Vermögen glücklich zu sein."

Als sie auf ihrem Landgut angekommen waren, so beschäftigten sich der Kaufmann und seine drei Söhne damit, das Feld zu bebauen. Die Schöne stand des Morgens um vier Uhr auf und eilte, das Haus reinzumachen und die Mittagsmahlzeit für die Familie zu bereiten. Es wurde ihr anfangs sehr sauer, denn sie war es nicht gewöhnt, wie eine Magd zu arbeiten. Nach zwei Monaten aber wurde sie stärker, und die Arbeit gab ihr vollkommene Gesundheit. Wenn sie ihre Arbeit getan hatte, so las sie, spielte auf dem Klavier oder sang auch wohl beim Spinnen.

Ihre beiden Schwestern hingegen hätten vor Langeweile fast sterben mögen. Sie standen des Morgens um zehn Uhr auf, gingen den ganzen Tag spazieren und vertrieben sich die Zeit damit, dass sie ihren schönen Kleidern und ihren Gesellschaften nachtrauerten. „Man sehe nur unsere jüngere Schwester", sagten sie zueinander, „sie hat eine niederträchtige Seele und ist so dumm, dass sie mit ihrem unglücklichen Zustande zufrieden ist."

Der wackere Kaufmann dachte nicht so wie seine Töchter. Er wusste, dass die Schöne viel geeigneter war als ihre Schwestern, sich in Gesellschaften zu zeigen. Er bewunderte die Tugend dieser jungen Tochter und vornehmlich ihre Geduld. Denn ihre Schwestern ließen sie nicht bloß alle Hausarbeit ganz allein verrichten, sondern schalten sie auch noch alle Augenblicke.

Diese Familie hatte nun ein Jahr in der Einsamkeit gelebt, als der Kaufmann Briefe erhielt, worinnen man ihm meldete, es wäre ein Schiff, worauf er Waren gehabt hatte, glücklich angekommen. Diese Neuigkeit hätte seinen beiden ältesten Töchtern den Kopf fast verwirrt, weil sie dachten, sie würden endlich das Land wieder verlassen können, wo ihnen Zeit und Weile so lang würden. Als sie ihren Vater zur Abreise fertig sahen, so baten sie ihn, er möge ihnen Röcke, Kleider, Kopfschmuck und allerhand Kleinigkeiten mitbringen. Die Schöne aber bat ihn um nichts, denn sie dachte, alles Geld für die Waren würde nicht reichen, das zu kaufen, was ihre Schwestern wünschten.

„Du bittest mich nicht, dass ich dir etwas kaufen soll?" sagte ihr Vater zu ihr.

„Wenn Sie die Güte haben wollen, an mich zu denken", antwortete sie ihm, „so bitte ich Sie, bringen Sie mir eine Rose mit, denn hier wachsen keine." Die Schöne machte sich nicht eben viel aus Rosen, sie wollte aber nicht durch ihr Beispiel die Aufführung ihrer Schwestern verdammen, welche gesagt haben würden, es geschähe bloß, sich von ihnen zu unterscheiden, dass sie nichts verlangte.

Der wackere Mann reiste ab. Als er aber angekommen war, so fing man mit ihm einen Prozess wegen seiner Waren an, und nachdem er viel Mühe gehabt hatte, so reiste er ebenso arm wieder zurück, als er vorher war. Er hatte nicht mehr dreißig Meilen bis nach Hause, und er freute sich schon über das Vergnügen, seine Kinder wiederzusehen. Weil er aber durch einen großen Wald musste, ehe er nach Hause kommen konnte, so verirrte er sich darin. Es schneite entsetzlich. Der Wind war so stark, dass er ihn zweimal vom Pferde warf, und als ihn die Nacht überfallen hatte, so dachte er, er würde vor Hunger oder Kälte sterben oder von den Wölfen gefressen werden, die er rund um sich herum heulen hörte.

Auf einmal erblickte er, da er umhersah, an dem Ende einer großen Allee von Bäumen ein starkes Licht, welches sehr weit entfernt zu sein schien. Er ritt darauf zu und sah, dass dieses Licht aus einem großen Palaste kam, welcher ganz erleuchtet war. Der Kaufmann dankte Gott für den Beistand, den er ihm schickte, und beeilte sich, an das Schloss zu kommen.

Es nahm ihn aber sehr Wunder, dass er keinen Menschen in den Höfen desselben fand. Sein Pferd, welches ihm folgte, sah einen großen Stall offen und ging hinein. Weil es daselbst Hafer und Heu fand, so fiel das arme Tier, welches vor Hunger fast gestorben war, gierig darüber her. Der Kaufmann band es in dem Stalle an und ging in das Haus, wo er keinen Menschen sah. Als er aber in einen großen Saal kam, so traf er daselbst ein gutes Feuer und eine mit Speisen besetzte Tafel an, die nur für eine Person gedeckt war.

Weil der Regen und der Schnee ihn bis auf die Knochen durchnässt hatten, so trat er an das Feuer, um sich zu trocknen und sagte zu sich: „Der Herr des Hauses oder seine Bedienten werden mir die Freiheit verzeihen, die ich mir nehme, und ohne Zweifel werden sie bald kommen."

Er wartete eine ziemliche Weile, nachdem es aber elf geschlagen hatte, ohne dass er jemand sah, so konnte er dem Hunger nicht widerstehen und nahm ein junges Huhn, welches er mit zwei Bissen und mit Zittern verzehrte. Er trank auch einige Gläser Wein, und da er dadurch kühner geworden war, so ging er aus dem Saale und durch viele große, möblierte Gemächer.

Endlich fand er ein Zimmer, worin ein gutes Bett stand, und weil Mitternacht schon vorbei und er müde war, so hielt er es für das beste, dass er die Tür zuschloss und sich niederlegte.

Es war zehn Uhr morgens, als er am nächsten Tag aufstand, und er wunderte sich sehr, dass er ein sehr sauberes Kleid anstatt des seinigen antraf, welches ganz verdorben war.

„Ganz gewiss gehört dieser Palast", sagte er zu sich, „einer guten Fee, die mit meinem Zustand Erbarmen hat." Er sah aus dem Fenster und sah keinen Schnee mehr, sondern Lauben aus Blumen, die das Auge bezauberten.

Er trat in den großen Saal, wo er am Abend gegessen hatte und sah einen kleinen Tisch, worauf Schokolade stand. „Ich danke Ihnen, gnädige Frau Fee", sagte er ganz laut, „dass Sie die Güte gehabt und an mein Frühstück gedacht haben."

Nachdem der wackere Mann seine Schokolade zu sich genommen hatte, so ging er hinaus und wollte sein Pferd suchen. Als er nun unter einer Laube von Rosen entlang ging, so erinnerte er sich, dass ihn die Schöne um eine Rose ersucht hatte, und er brach einen Zweig ab, woran ihrer viele saßen. Da hörte er ein lautes Geräusch und sah ein so entsetzliches Tier auf sich zukommen, dass er beinahe in Ohnmacht gefallen wäre.

„Du bist sehr undankbar", sagte das Tier mit einer fürchterlichen Stimme zu ihm. „Ich habe dir das Leben gerettet, indem ich dich in mein Schloss aufgenommen, und für meine Güte stiehlst du mir meine Rosen, die ich unter allen Dingen in der Welt am allerliebsten habe. Diesen Fehler zu büßen musst du sterben. Ich gebe dir nur eine Viertelstunde Zeit, damit du Gott um Verzeihung bitten kannst."

Der Kaufmann fiel auf die Knie und sagte mit gefalteten Händen zu dem Tier: „Gnädiger Herr, verzeihen Sie mir, ich wollte Sie nicht beleidigen, als ich eine Rose für eine meiner Töchter abbrach, die mich darum gebeten hat."

„Ich heiße nicht gnädiger Herr", antwortete ihm das Ungeheuer, „sondern Tier. Ich liebe die Komplimente nicht; ich will, dass man sagt, was man denkt. Glaube also nicht, dass du mich durch deine Schmeicheleien rühren wirst. Doch du hast mir gesagt, du hättest Töchter. Ich will dir wohl verzeihen, unter der Bedingung, dass eine von deinen Töchtern freiwillig kommt, um statt deiner zu sterben. Sage mir weiter kein Wort. Reise, und wenn deine Töchter sich weigern, für dich zu sterben, so schwöre, dass du in drei Monaten wiederkommen wirst."

Der gute Mann war nicht willens, eine von seinen Töchtern diesem garstigen Untier aufzuopfern, sondern er dachte: „Ich werde doch wenigstens das Vergnügen haben, sie noch einmal zu umarmen."

Er schwor also, er wollte wiederkommen, und das Tier sagte zu ihm, er könnte abreisen, wenn er wolle. „Allein", setzte es hinzu, „ich will nicht, dass du mit leeren Händen weggehst. Kehre wieder in das Zimmer zurück, wo du geschlafen hast; du wirst daselbst einen großen leeren Koffer finden; in den kannst du alles legen, was dir beliebt; ich will ihn in dein Haus bringen lassen."

Mit diesen Worten zog sich das Tier zurück, und der gute ehrliche Mann sagte zu sich: „Wenn ich auch sterben muss, so werde ich doch den Trost haben, dass ich meinen armen Kindern etwas hinterlasse."

Er ging in das Zimmer zurück, wo er geschlafen hatte, und nachdem er daselbst eine große Menge Goldstücke gefunden hatte, so füllte er den großen Koffer damit an, von dem ihm das Tier erzählt hatte. Er schloss ihn zu, und nachdem der sein Pferd wieder hatte, welches er noch in dem Stalle fand, so ging er mit einer Traurigkeit aus dem Palast, die der Freude glich, die er hatte, als er hineingeritten war. Sein Pferd nahm von selbst einen Weg durch den Wald, und in wenigen Stunden kam der ehrliche Mann in seinem kleinen Haus an. Seine Kinder waren um ihn herum. Allein, anstatt dass er über ihre Liebkosungen hätte vergnügt sein sollen, so fing er an zu weinen, als er sie ansah. Er hielt den Rosenzweig, welchen er der Schönen mitbrachte, in der Hand, gab ihn ihr und sagte: „Da, Schöne, nimm diese Rosen hin, sie werden deinen unglücklichen Vater sehr teuer zu stehen kommen." Und darauf erzählte er seiner Familie die klägliche Begebenheit, die ihm widerfahren war.

Bei dieser Erzählung erhoben seine beiden ältesten Töchter ein großes Geschrei und schimpften und schmähten die Schöne, die nicht weinte. „Da sieht man, was der Hochmut dieser kleinen Kreatur hervorbringt", sagten sie. „Warum verlangte sie keine

Kleidung wie wir? Aber nein, Mademoiselle wollte etwas Besonderes haben. Sie wird unserem Vater den Tod bringen und sie weint nicht einmal."

„Das würde sehr unnütz sein", erwiderte die Schöne, „warum sollte ich den Tod meines Vaters beweinen? Er wird nicht umkommen. Weil das Ungeheuer eine von seinen Töchtern annehmen will, so will ich mich allein seinem Zorn überliefern; und ich halte mich für sehr glücklich, weil ich bei meinem Tode die Freude haben werde, meinen Vater zu retten und ihm meine Zärtlichkeit zu beweisen."

„Nein, meine liebe Schwester", sagten ihre drei Brüder zu ihr, „du sollst nicht sterben, wir wollen das Ungeheuer aufsuchen und unter seinen Klauen umkommen, wenn wir es nicht umbringen können."

„Hofft das nicht, meine lieben Kinder", sagte der Kaufmann zu ihnen, „die Macht dieses Tieres ist so groß, dass mir keine Hoffnung übrigbleibt, es zu töten. Ich bin über das gute Herz der Schönen sehr gerührt, ich will sie aber nicht in den Tod geben. Ich bin alt, ich habe nur noch wenig Zeit zu leben: ich werde also bloß einige Jahre von einem Leben verlieren, die ich nur euretwegen bedaure, meine lieben Kinder."

„Ich versichere Sie, mein lieber Vater", sagte die Schöne, „Sie wollen ohne mich nicht nach diesem Palast gehen. Sie können mich nicht abhalten, Ihnen zu folgen. Obwohl ich jung bin, so bin ich dem Leben doch nicht sehr zugetan, und ich will lieber von diesem Ungeheuer aufgefressen werden als von dem Kummer sterben, den mir Ihr Verlust verursachen würde."

Man mochte noch soviel reden, die Schöne wollte durchaus zu dem schönen Palast reisen, und ihre Schwestern waren recht froh darüber, weil die Tugenden dieser jüngsten ihnen viel Eifersucht eingeflößt hatten. Der Kaufmann war von dem Schmerze, seine Tochter zu verlieren, so eingenommen, dass er nicht an den Koffer dachte, welchen er mit Gold angefüllt hatte. Sobald er sich aber in seiner Kammer eingeschlossen hatte und sich niederlegen wollte, so erstaunte er sehr, dass er jenen hinter seinem Bette fand. Er entschloss sich, seinen Kindern nichts davon zu sagen, dass er so reich geworden war, weil seine Töchter gern wieder in die Stadt ziehen wollten, er aber entschlossen war, auf diesem Landgute zu sterben.

Doch vertraute er dieses Geheimnis der Schönen an, als sie ihm meldete, es wären unter seiner Abwesenheit einige Edelleute zu ihnen gekommen, und es befänden sich zwei darunter, die ihre Schwestern liebten. Sie bat ihren Vater, er möchte sie verheiraten; denn sie war so gut, dass sie dieselben lieb hatte und ihnen von ganzem Herzen alles vergab, was sie ihr zuleide getan hatten.

Diese beiden boshaften Töchter rieben sich die Augen mit einer Zwiebel, damit sie weinen konnten, als die Schöne mit ihrem Vater abreiste. Ihre Brüder aber weinten im Ernst, ebenso wie der Kaufmann. Nur die Schöne weinte nicht, weil sie ihren Schmerz nicht vermehren wollte.

Das Pferd nahm den Weg zum Palast, und gegen Abend sahen sie ihn so erleuchtet wie das erste Mal. Das Pferd ging ganz allein in den Stall, und der wackere Mann ging mit seiner Tochter in den großen Saal, wo sie eine prächtig angerichtete Tafel fanden, die für zwei Personen gedeckt war. Der Kaufmann konnte nichts essen. Die Schöne aber, die sich zwang, ruhig zu erscheinen, setzte sich zur Tafel und legte ihm vor. Darauf sagte sie zu sich: „Das Tier will mich fett machen, ehe es mich auffrisst, weil es mir so gutes Essen und Trinken gibt."

Als sie gegessen hatten, so hörten sie ein lautes Geräusch, und der Kaufmann nahm unter Tränen von seiner Tochter Abschied, denn er dachte, das Tier käme.

Die Schöne konnte sich des Zitterns und Bebens nicht enthalten, als sie diese schreckliche Gestalt sah. Sie fasste sich aber wieder, so gut sie konnte, und als das Ungeheuer sie fragte, ob es aus gutem Herzen geschehen wäre, dass sie hergekommen sei, so sagte sie mit Zittern: „Ja."

„Sie sind sehr gütig", sagte das Tier, „und ich bin Ihnen sehr verbunden. Ihr aber, guter ehrlicher Mann, reist morgen früh, und lasst Euch niemals einfallen, hier wieder herzukommen – Leben Sie wohl, Schöne."

„Auf Wiedersehen, Tier", antwortete sie, und gleich darauf begab sich das Ungeheuer hinweg.

„Ach, meine liebe Tochter", sagte der Kaufmann, indem er die Schöne umarmte, „ich bin halbtot vor Schrecken. Folge mir, lass mich hierbleiben."

„Nein, mein lieber Vater", sagte die Schöne mit Standhaftigkeit zu ihm, „Sie sollen morgen früh abreisen und mich dem Beistand des Himmels überlassen; vielleicht wird er sich meiner erbarmen."

Sie legten sich nieder und glaubten, sie würden die ganze Nacht nicht schlafen können. Sie waren aber kaum in ihren Betten, so taten sich ihre Augen zu. Die Schöne sah im Schlafe eine Dame, die zu ihr sagte: „Ich bin mit deinem guten Herzen zufrieden, Schöne. Die gute Tat, die du jetzt tust, indem du dein Leben hingibst, um das Leben deines Vaters zu retten, wird nicht ohne Belohnung bleiben."

Die Schöne erzählte beim Aufwachen diesen Traum ihrem Vater; und obwohl er ihn ein wenig tröstete, so hinderte er ihn doch nicht, sehr zu jammern und zu wehklagen, als er sich von seiner geliebten Tochter trennen musste.

Als er abgereist war, so setzte sich die Schöne in den großen Saal und fing auch an zu weinen. Weil sie aber viel Mut hatte, so empfahl sie sich dem lieben Gott und entschloss sich, sie wollte sich die wenige Zeit die sie noch zu leben hätte, nicht kränken, denn sie glaubte steif und fest, das Tier würde sie abends auffressen. Sie nahm sich vor, sie wollte unterdessen herumspazieren und dieses schöne Schloss besehen. Sie konnte sich nicht enthalten, die Schönheit desselben zu bewundern. Sie erstaunte aber sehr, als sie eine Tür fand, worüber geschrieben stand: „Zimmer der Schönen." Sie machte die Türe in aller Eile auf und wurde von der Pracht ganz geblendet, die daselbst herrschte. Was ihr aber am meisten in die Augen fiel, war eine große Bibliothek, ein schöner Flügel und viele Notenbücher.

„Man will doch nicht, dass ich Langeweile haben soll", sagte sie leise zu sich, und darauf dachte sie: „Wenn ich nur einen Tag hierbleiben sollte, so würde man nicht soviel für mich angeschafft haben." Dieser Gedanke ermunterte ihren Mut wider. Sie machte den Bücherschrank auf und sah ein Buch, worinnen mit goldenen Buchstaben geschrieben war: „Wünschen Sie! Befehlen Sie! Sie sind hier die Königin und Frau."

„Ach", sagte sie mit Seufzen, „ich wünsche nichts weiter, als dass ich meinen armen Vater wiedersehen und erfahren möge, was er jetzt macht." Sie hatte dieses zu sich gesagt. Wie erstaunte sie aber, als sie ihre Augen auf einen großen Spiegel warf und darinnen sein Haus erblickte, woselbst ihr Vater mit einem überaus traurigen Gesicht ankam. Ihre Schwestern gingen ihm entgegen und ungeachtet der Verstellungen ihrer Gebärden, die sie machten, damit sie betrübt scheinen möchten, sah man dennoch die Freude, die sie über den Verlust ihrer Schwester hatten, auf ihrem Gesichte erschienen.

Einen Augenblick danach verschwand alles wieder, und die Schöne konnte sich nicht enthalten zu denken, das Tier sei sehr gefällig, und sie habe nichts von ihm zu befürchten.

Zu Mittage fand sie die Tafel gesetzt und die Mahlzeit über hörte sie ein vortreffliches Konzert, wiewohl sie keine Menschenseele sah. Am Abend, als sie sich zur Tafel setzen wollte, hörte sie das Geräusch, welches das Tier machte, und konnte sich des Zitterns und Bebens nicht enthalten.

„Schöne", sagte das Ungeheuer zu ihr, „wollen Sie wohl erlauben, dass ich Sie heute Abend speisen sehe?"

„Ihr habt hier zu befehlen", antwortete die Schöne zitternd.

„Nein", erwiderte das Tier, „es hat hier niemand zu befehlen als Sie. Sie brauchen nur zu sagen, ich soll gehen, wenn ich Ihnen unangenehm bin, ich werde sogleich weggehen. Sagen Sie mir, finden Sie mich nicht sehr hässlich?"

„Das ist wahr", sagte die Schöne. „Ich kann nicht lügen, aber ich glaube, Sie sind sehr gut."

„Sie haben recht", antwortete das Ungeheuer, „allein darüber hinaus, dass ich hässlich bin, habe ich auch keinen Geist. Ich weiß wohl, dass ich ein dummes Vieh bin."

„Man ist kein dummes Vieh", erwiderte die Schöne, „wenn man glaubt, dass man keinen Geist hat; ein Tor hat solches niemals gewusst."

„Essen Sie also, Schöne", sagte das Ungeheuer, „und lassen Sie sich die Zeit in Ihrem Hause nicht lang werden, denn alles gehört hier Ihnen, und es würde mich kränken, wenn Sie nicht vergnügt wären."

„Sie haben viel Güte", sagte die Schöne. „Ich gestehe es Ihnen, ich bin mit Ihrem Herzen sehr zufrieden. Wenn ich daran denke, so kommen Sie mir nicht mehr so hässlich vor."

„O wahrlich, ja", antwortete das Tier, „ich habe ein gutes Herz, aber ich bin ein Ungeheuer."

„Es gibt viele Menschen, die ärgere Ungeheuer sind als Sie", sagte die Schöne, „und ich will Sie mit Ihrer Gestalt viel lieber haben als diejenigen, welche unter der Menschengestalt ein falsches, verderbtes, undankbares Herz verstecken."

„Wenn ich Geist hätte", antwortete das Tier, „so würde ich Ihnen ein großes Kompliment machen und mich bei Ihnen bedanken; allein, ich bin dumm, und alles, was ich Ihnen sagen kann, ist, dass ich Ihnen sehr verbunden bin."

Die Schöne speiste nun mit gutem Appetit. Sie hatte fast gar keine Furcht mehr vor dem Ungeheuer. Sie wäre aber bald vor Schrecken gestorben, als es zu ihr sagte: „Schöne, wollen Sie meine Frau werden?"

Sie blieb eine Zeitlang still, ohne zu antworten. Sie fürchtete sich, sie möchte den Zorn des Ungeheuers erregen, wenn sie es abschlüge. Indessen sagte sie doch mit Zittern: „Nein, Tier." In dem Augenblick wollte dieses arme Ungeheuer seufzen und machte ein so entsetzliches Gezische, dass der ganze Palast davon erschallte.

Die Schöne bekam aber bald wieder Mut. Denn das Tier sagte mit Betrübnis zu ihr: „Leben Sie denn wohl, Schöne!" und ging aus dem Zimmer hinaus, wobei es sich von Zeit zu Zeit umkehrte, damit es die Schöne noch einmal ansähe.

Als die Schöne sich allein sah, so empfand sie ein großes Mitleid mit diesem armen Tier. „Ach", sagte sie, „es ist recht schade, dass es so hässlich ist; es ist so gut!"

Die Schöne brachte drei Monate in diesem Palaste ziemlich ruhig zu. Jeden Abend stattete das Tier seinen Besuch bei ihr ab, unterhielt sie bei der Tafel mit viel gesunder Vernunft, aber niemals mit dem, was man in der Welt Geist nennt. Alle Tage entdeckte die Schöne neue Güte an diesem Ungeheuer. Die Gewohnheit, es zu sehen, hatte sie an seine Hässlichkeit gewöhnt, und sie fürchtete den Augenblick seines Besuches gar nicht mehr, sondern sah statt dessen oft auf die Uhr, um zu sehen, ob es noch nicht bald neun wäre. Denn das Tier kam immer zu dieser Stunde. Nur eine einzige Sache machte der Schönen Kummer, nämlich, dass das Ungeheuer jedes Mal, bevor es wegging, fragte, ob sie seine Frau werden wollte? und dass es ganz von Schmerz durchdrungen zu sein schien, wenn sie Nein dazu sagte.

Eines Tages sagte sie zu dem Ungeheuer: „Sie kränken mich, Tier. Ich wünschte, ich könnte Sie heiraten, allein, ich bin viel zu aufrichtig, als dass ich Ihnen weismachen wollte, es werde doch einmal geschehen. Ich werde stets Ihre gute Freundin sein. Seien Sie damit immer zufrieden."

„Ich muss wohl", erwiderte das Tier, „denn ich beurteile mich richtig. Ich weiß, dass ich recht abscheulich bin, ich liebe Sie aber sehr. Indessen bin ich dadurch glücklich genug, dass Sie gern hierbleiben wollen. Versprechen Sie mir, dass Sie mich niemals verlassen wollen!"

Die Schöne errötete bei diesen Worten. Sie hatte in ihrem Spiegel gesehen, dass ihr Vater vor Bekümmernis darüber krank war, dass er sie verloren hatte, und sie wünschte sich, ihn wiederzusehen. „Ich könnte es Ihnen wohl versprechen", sagte sie zu dem Tier, „dass ich Sie ganz und gar niemals verlassen wollte, allein, ich habe ein so großes Verlangen, meinen Vater wiederzusehen, dass ich vor Schmerzen sterben würde, wenn Sie mir diese Bitte abschlügen."

„Ich will lieber selbst sterben", sagte dieses Ungeheuer, „als Ihnen Kummer verursachen. Ich will Sie zu Ihrem Vater schicken. Sie werden daselbst bleiben, und Ihr armes Tier wird vor Schmerzen darüber sterben."

„Nein", sagte die Schöne mit Weinen zu ihm, „ich habe Sie viel zu lieb, als dass ich Ihren Tod verursachen wollte. Ich verspreche es Ihnen, ich will in acht Tagen wiederkommen. Sie haben mir gezeigt, dass meine Schwestern verheiratet und dass meine Brüder zu den Soldaten gegangen sind. Mein Vater ist ganz allein; erlauben Sie, dass ich eine Woche bei ihm bleibe."

„Sie sollen morgen früh da sein", sagte das Tier. „Erinnern Sie sich aber Ihres Versprechens. Sie brauchen nur, ehe Sie zu Bett gehen, Ihren Ring auf einen Tisch zu legen, wenn Sie wieder zurückkommen wollen. Leben Sie wohl, Schöne!"

Das Ungeheuer seufzte nach seiner Gewohnheit, als es diese Worte sagte, und die Schöne legte sich ganz traurig darüber nieder, dass sie es so betrübt sah. Als sie am Morgen aufwachte, so befand sie sich im Hause ihres Vaters, und nachdem sie eine Klingel gezogen, die an der Seite ihres Bettes war, so sah sie die Magd kommen, die einen lauten Schrei ausstieß, als sie die Schöne erblickte. Der gute ehrliche Mann kam auf dieses Geschrei herbeigelaufen und wäre vor Freuden fast gestorben, als er seine liebe Tochter wiedersah. Sie hielten sich über eine Viertelstunde lang umarmt.

Die Schöne dachte, nach den ersten Entzückungen, sie hätte keine Kleider anzuziehen, dass sie aufstehen könnte, die Magd aber sagte zu ihr, sie hätte in der benachbarten Kammer einen großen Koffer voller goldener mit Diamanten besetzter Kleider gefunden. Die Schöne dankte dem guten Tier wegen seiner Aufmerksamkeit. Sie nahm dasjenige der Kleider, das am wenigsten kostbar war, und sagte zu der Magd, sie sollte die anderen einschließen, sie wolle ihre Schwestern damit beschenken. Kaum hatte sie aber diese Worte ausgesprochen, so verschwand der Koffer. Ihr Vater sagte zu ihr, das Tier wollte, sie sollte alles das für sich behalten, und sogleich kamen die Kleider und der Koffer wieder zum Vorschein.

Die Schöne kleidete sich an, und währenddessen wurde alles ihren Schwestern berichtet, welche mit ihren Männern herbeieilten. Sie waren alle beide sehr unglücklich. Die Älteste hatte einen Edelmann geheiratet, der so schön war wie Amor selbst, aber er war in seine eigene Gestalt so verliebt, dass er sich von morgens bis abends nur damit beschäftigte und die Schönheit seiner Frau verachtete. Die zweite hatte einen Mann geheiratet, der viel Geist besaß; er bediente sich dessen aber nur, alle Welt toll zu machen und seine Frau zu allererst.

Die Schwestern der Schönen wollten vor Ärger fast sterben, als sie sie wie eine Prinzessin gekleidet und schöner als der Tag sahen. Sie mochte sie liebkosen, wie sie wollte; nichts konnte ihre Eifersucht ersticken, welche sehr zunahm, als sie ihnen erzählt hatte, wie glücklich sie wäre.

Diese beiden eifersüchtigen Schwestern gingen in den Garten, um dort zu weinen und sagten zueinander: „Warum ist diese kleine Kreatur glücklicher als wir? Sind wir nicht liebenswürdiger als sie?"

„Meine liebe Schwester", sagte die Älteste, „es fällt mir etwas ein. Wir wollen uns bemühen, sie länger als acht Tage hier zu behalten. Ihr dummes Tier wird darüber in Zorn geraten, dass sie ihr Wort nicht gehalten, und wird sie vielleicht auffressen."

„Du hast recht, Schwester", antwortete die andere. „Dazu aber müssen wir ihr große Liebkosungen erweisen."

Nachdem sie diesen Entschluss gefasst hatten, so gingen sie wieder hinein und erwiesen ihrer Schwester so viel Freundschaft, dass die Schöne vor Freuden darüber weinte. Als die acht Tage vorbei waren, so rissen sich die beiden Schwestern die Haare aus dem Kopfe und stellten sich über die Abreise so betrübt, dass sie versprach, sie wollte noch acht Tage dableiben.

Aber dann dachte die Schöne an den Kummer, den sie ihrem armen Tier verursachen würde, das sie von ganzem Herzen liebte, und es wurden ihr Zeit und Weile lang, weil sie es nicht mehr sah. In der zehnten Nacht, die sie bei ihrem Vater zubrachte, träumte ihr, sie wäre in dem Garten des Palastes und sähe das Tier auf dem Rasen liegen, das in dem Augenblick sterben wollte und ihre Undankbarkeit beklagte.

Die Schöne wachte darüber auf und vergoss Tränen. „Bin ich nicht recht boshaft", sagte sie, „dass ich einem Tiere Kummer verursache, das so viele Gefälligkeit für mich hat? Ist es seine Schuld, dass es so hässlich ist und so wenig Geist hat? Es ist gut; das ist besser als alles übrige. Warum habe ich das Ungeheuer nicht heiraten wollen? Ich würde mit ihm glücklicher sein als meine Schwestern mit ihren Männern. Weder die Schönheit noch der Witz eines Mannes machen eine Frau vergnügt, nur die Güte seines Gemüts, die Tugend, die Gefälligkeit tun es, und das Tier hat alle diese guten Eigenschaften. Ich liebe es nicht, aber ich habe Hochachtung und Freundschaft für es. Wohlan, ich will es nicht unglücklich machen; ich würde mir meine Undankbarkeit mein ganzes Leben lang vorwerfen."

Bei diesen Worten stand die Schöne auf, legte ihren Ring auf den Tisch und ging wieder zu Bette. Kaum war sie darinnen, so schlief sie ein, und als sie am Morgen aufwachte, so sah sie mit vieler Freude, dass sie wieder in dem Palast des Tiers war.

Sie kleidete sich prächtig an, damit sie dem Ungeheuer gefallen möge, und es wurden ihr den ganzen Tag Zeit und Weile bis auf den Tod lang, während sie wartete, dass es neun Uhr abends würde. Allein, es schlug neun, aber das Tier erschien nicht. Die Schöne befürchtete nunmehr, sie hätte seinen Tod verursacht. Sie lief durch den ganzen Palast und erhob ein großes Geschrei; sie war in Verzweiflung.

Nachdem sie das Ungeheuer überall gesucht hatte, erinnerte sie sich ihres Traumes und lief in den Garten, wo sie es im Schlafe gesehen hatte. Sie fand das arme Tier ohne Bewusstsein ausgestreckt liegen und glaubte, es wäre tot. Sie fiel auf dessen Leib, ohne vor seiner Gestalt einen Abscheu zu haben, und als sie fühlte, dass sein Herz noch schlug, so nahm sie Wasser aus dem Graben und schüttete es ihm auf den Kopf. Das Tier schlug die Augen auf und sagte zu ihr: „Sie haben Ihr Versprechen vergessen: der Gram darüber, dass ich Sie verloren hatte, hat mich den Entschluss fassen lassen, mich zu Tode zu hungern. Ich sterbe aber zufrieden, weil ich das Vergnügen habe, Sie noch einmal wiederzusehen."

„Nein, mein liebes Tier, Sie sollen nicht sterben", sagte die Schöne zu ihm, „Sie sollen leben und mein Ehegemahl werden; in diesem Augenblick gebe ich Ihnen meine Hand, und ich schwöre es, ich will nur die Ihrige sein. Ach, ich glaubte, ich hätte bloß Freundschaft für Sie; der Schmerz aber, den ich empfinde, zeigt mir, dass ich nicht würde leben können, wenn ich Sie nicht sähe."

Kaum hatte die Schöne diese Worte ausgesprochen, so sah sie das Schloss im Lichte schimmern; die Feuerwerke, die Musik, alles kündigte ihr ein Fest an. Alle diese Schönheiten aber fesselten ihre Blicke nicht. Sie wandte sich wieder zu ihrem geliebten Tier, um das sie sich ängstigte. Wie groß war aber ihr Erstaunen! Das Tier war verschwunden, und sie sah nur einen Prinzen, schöner als Amor selbst, zu ihren Füßen, welcher ihr dankte, dass sie seine Bezauberung aufgelöst hätte.

Obgleich dieser Prinz alle ihre Achtung verdiente, so konnte sie sich doch nicht enthalten, ihn zu fragen, wo das Tier wäre?

„Sie sehen es hier zu Ihren Füßen", sagte der Prinz zu ihr. „Eine boshafte Fee hatte mich verwünscht, so lange unter dieser

Gestalt zu bleiben, bis ein schönes Frauenzimmer sich's gefallen ließe, mich zu heiraten, und sie hat mir verboten, meinen Geist zu zeigen. Es ist also niemand in der Welt so gütig gewesen und hat sich von meinen guten Eigenschaften rühren lassen als Sie, und ich kann mich des Dankes, den ich Ihnen schulde, nicht einmal dadurch entledigen, dass ich Ihnen meine Krone anbiete.''

Die Schöne war auf eine angenehme Art erstaunt und reichte dem Prinzen die Hand, um ihn aufzuheben. Sie gingen zusammen auf das Schloss, und die Schöne wäre vor Freude fast gestorben, als sie in dem großen Saale ihren Vater und ihre ganze Familie fand, welche die schöne Dame, die ihr im Traume erschienen war, in das Schloss gebracht hatte.

„Schöne'', sagte diese Dame zu ihr, die eine große Fee war, „empfangen Sie die Belohnung Ihrer guten Wahl. Sie haben der Schönheit und dem Geist die Tugend vorgezogen. Sie verdienen, alle diese Eigenschaften in einer und derselben Person vereinigt zu finden. Sie werden eine große Königin werden; ich hoffe, der Thron wird Ihre Tugenden nicht zerstören.''

„Was euch aber anbetrifft, ihr beiden Weiber'', sagte die Fee zu den beiden Schwestern der Schönen, „so kenne ich euer Herz und alle Bosheit, die es in sich schließt. Werdet zwei Bildsäulen, behaltet aber alle eure Vernunft unter dem Stein, der euch umhüllen wird. Ihr sollt an der Türe des Palastes eurer Schwester stehenbleiben, und ich lege euch keine andere Strafe auf, als dass ihr Zeuginnen ihres Glücks sein sollt. Ihr werdet nicht eher wieder zu eurem vorigen Stande kommen können, als in dem Augenblicke, da ihr eure Fehler erkennen werdet. Ich fürchte, ihr werdet wohl immer Bildsäulen bleiben. Man bessert sich von dem Hochmute, dem Zorne, der Gefräßigkeit und der Trägheit; die Bekehrung eines boshaften und neidischen Herzens aber ist eine Art von Wunder.''

In dem Augenblicke tat die Fee einen Schlag mit ihrer Rute, und alle diejenigen, die in dem Saale waren, wurden in das Königreich des Prinzen versetzt. Seine Untertanen sahen ihn mit Freuden, und er vermählte sich mit der Schönen, die mit ihm sehr lange und in vollkommenem Glück lebte, weil es auf die Tugend gegründet war.

Der Zwerg und die Zwillinge
Schneeweisschen und Rosenrot
Schätze Neu Erzählt 1

Es war einmal in einer Welt, in der Magie und Technik mit unerwarteten Konsequenzen aufeinander treffen …

Als Martin einer schwangeren Frau hilft, vor den Häschern des Königs zu fliehen, ahnt er nicht, dass die Zwillinge, die sie in sich trägt, sein einsames Leben für immer verändern werden.

Was wäre, wenn wenn die Brüder Grimm den Zwerg in „Schneeweißchen und Rosenrot" missverstanden hätten?

ISBN 978-3-95681-028-2
auch als eBook erhältlich

Lass dich über Neuerscheinungen informieren und hole dir den ersten Band als kostenloses eBook:

http://de.katharinagerlach.com/leserinnen

DIE WALDHÜTTE
DIE HÜTTE IM WALD
Schätze Neu Erzählt 4

Es war einmal in einer Welt, in der Magie und Technik mit unerwarteten Konsequenzen aufeinander treffen …

Als Mechanikerin schwebt Tessa in Lebensgefahr, seit der neue König jede Form von Technik verboten hat. Niemand kennt den wahren Grund für dieses Gesetz. Doch als Tessa eine Hütte im Wald entdeckt, in der offensichtlich ein Verfluchter sein Dasein fristet, gerät sie in eine Verschwörung, die nicht nur das Königreich zerstören könnte, sondern auch ihre Familie.

Was wäre, wenn die Brüder Grimm den Fluch, der auf der „Hütte im Wald" liegt, unterschätzt hätten?

ISBN 978-3-95681-040-4
auch als eBook erhältlich

www.ingramcontent.com/pod-product-compliance
Lightning Source LLC
Chambersburg PA
CBHW060940120626
46557CB00003B/1084